QUEM
SOU
EU,
AFINAL?

Quem sou eu, afinal?

Um romance sobre o Mal de Alzheimer

RICARDO VALVERDE

 | São Paulo, 2021

Quem sou eu, afinal?
Copyright © 2021 by Ricardo Valverde
Copyright © 2021 by Novo Século Editora Ltda.

2ª edição

EDITOR: Luiz Vasconcellos
REVISÃO: Daniela Georgeto
DIAGRAMAÇÃO E CAPA: Equipe Novo Século

Texto de acordo com as normas do Novo Acordo Ortográfico da Língua Portuguesa (1990), em vigor desde 1º de janeiro de 2009.

Dados Internacionais de Catalogação na Publicação (CIP)
Angélica Ilacqua CRB-8/7057

Valverde, Ricardo
 Quem sou eu, afinal? : um romance sobre o Mal de Alzheimer / Ricardo Valverde. -- 2. ed. -- Barueri, SP : Novo Século Editora, 2021.

1. Ficção brasileira 2. Alzheimer, Doença de - Ficção I. Título

20-2412   CDD B869.3

Índice para catálogo sistemático:
1: Literatura brasileira : ficção B869.3

ISBN físico: 978-65-5561-001-7
ISBN digital: 978-65-5561-002-4

uma marca do grupo novo século

Alameda Araguaia, 2190 – Bloco A – 11º andar – Conjunto 1111
CEP 06455-000 – Alphaville Industrial, Barueri – SP – Brasil
Tel.: (11) 3699-7107 | Fax: (11) 3699-7323
www.gruponovoseculo.com.br | atendimento@novoseculo.com.br

Em memória de Borbora Aur Jabbur, que lutou contra o Mal de Alzheimer por mais de quinze anos.

NOTA DO AUTOR

Há aproximadamente vinte anos, eu conhecia o Mal de Alzheimer da maneira mais triste e tradicional possível, exatamente como a maioria das pessoas que se relaciona de alguma forma com a doença acaba conhecendo. Minha família passava as férias de janeiro em Santos, litoral de São Paulo, e estávamos todos na praia. Era um dia de muito sol e calor, uma típica manhã de verão. Minha avó, pessoa a quem dedico este livro e tive a honra de dividir boa parte da vida, apanhou os óculos na bolsa, colocou-os no rosto sem que uma das hastes estivesse devidamente apoiada atrás da orelha e não percebeu. Ela se levantou e começou a caminhar pela areia em direção ao mar. Eu corri em sua busca, o coração aflito, sem saber como iria abordar a situação ou talvez consertar aquilo. Comecei a andar ao seu lado, o braço ao redor de suas costas e um ardido incomum atacando meu estômago. Perguntei a ela se eu poderia experimentar seus óculos para saber quantos graus de miopia ela tinha. Uma desculpa bem esfarrapada, mas foi o que consegui naquela hora. Afinal, não desejava deixá-la embaraçada de modo algum. Eu os coloquei em meu rosto e sorri para ela. Perguntei como eu havia ficado. Minha avó respondeu que eu era lindo de qualquer jeito e ergueu as mãos para apanhá-los de volta. Sugeri colocá-los em seu rosto e ela assentiu. Retirei os óculos e os acomodei em seus olhos com enorme cuidado, as hastes encaixadas atrás das orelhas da maneira correta. Voltei para casa com uma tristeza diferente, uma sensação de incerteza pairava em meus pensamentos. Tentei me enganar, dizendo a mim mesmo que aquela cena não passaria de uma pequena confusão, que não se repetiria, mas infelizmente não foi assim que aconteceu. Nos meses seguintes, minha avó foi acometida por uma série de eventos semelhantes. Não se lembrava dos locais onde havia deixado suas coisas, em uma dessas ocasiões saiu aflita à procura de sua escova dental, e ela estava entre seus próprios dedos. Pouco tempo depois, o nome e a função da maioria dos objetos com os quais costumava interagir em seu cotidiano foram esquecidos. A partir daí, passou a falar coisas sem sentido e a perguntar quem nós éramos. A ideia do título deste livro, "Quem sou eu, afinal?", surgiu nesse momento. Minha avó apresentou bastante agressividade durante um período intermediário da doença, infelizmente uma fase pela qual todos acabam passando. Certa vez, socou a porta do armário gritando para que a deixassem sair, imaginando que aquela porta a conduziria para a rua. Anos depois, deixou de andar e perdeu a consciência de quem ela era ao se olhar no espelho. Veio a falecer no início de 2013, dezesseis anos após o diagnóstico, depois de uma série de internações por pneumonia, infecções urinárias e insuficiências respiratórias. Alguns meses mais tarde, a primeira edição deste romance chegou às livrarias de todo o país.

Não sei se penso dessa forma apenas para me consolar, ainda busco explicações para essa terrível doença e não há um dia sequer em que eu não sinta a falta da minha avó, dos livros que ela compartilhava comigo, dos sorrisos e das palavras de carinho que se habituou a dizer nas noites em que eu a visitava. Eu retribuía, escondendo bilhetinhos escritos "Eu te amo" sob seu travesseiro. Minha avó adorava. Gosto de acreditar que ela já sabia pelo que passaria ao final de sua vida, assim como milhares de pessoas ao redor do mundo diagnosticadas com a doença. Um tipo de renúncia a serviço da humanidade, em prol de uma vida mais longa e com qualidade para as gerações futuras. É assim que eu procuro pensar. Caso contrário, não conseguiria escrever este livro. Aliás, nas páginas a seguir você vai se deparar com o Mal de Alzheimer com manifestação precoce, fato que tem se tornado cada vez mais frequente. Quando eu estive em Israel para ambientar o livro, soube de um homem de apenas quarenta anos diagnosticado com a doença. Estudei esse e alguns outros casos e desenvolvi o romance a partir dessa perspectiva. Ainda assim, muitas cenas que você vai ler aqui aconteceram de fato com a minha avó, uma das pessoas mais lindas que eu tive o prazer de conhecer e conviver no Planeta Terra.

Boa leitura!

Ricardo Valverde

PARTE I

Passado Com Presente
Tempos Oscilantes

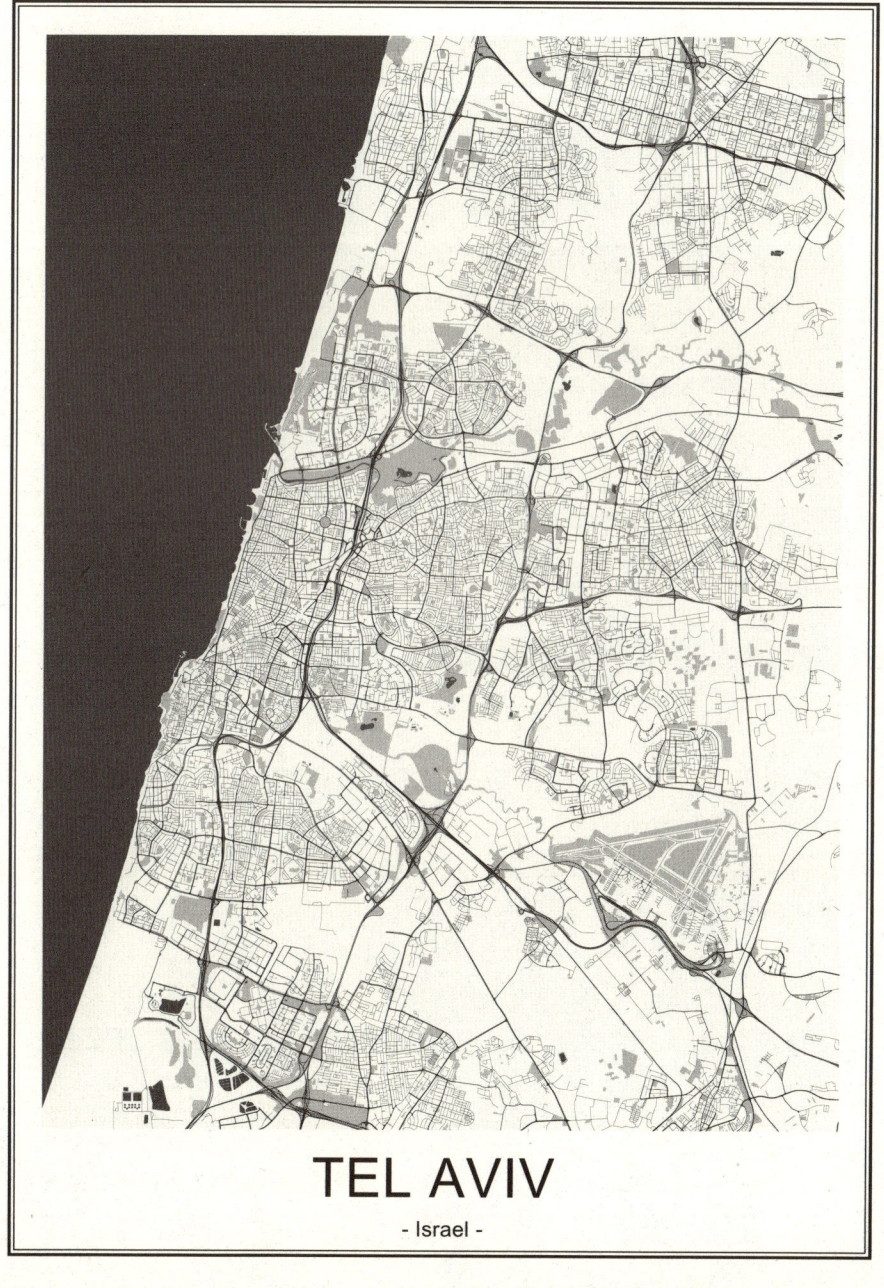

TEL AVIV
- Israel -

UM

Tel Aviv, 1993

– Alô?
– Daniel Lebzinski?
– Sim.
– O senhor está sendo aguardado no laboratório antes do almoço – uma voz amigável e conhecida anunciou, quase num sopro.
– Judith, eu já estou indo – respondeu, com a voz preguiçosa e rouca, típica de quem acabara de acordar. Antes, passou rapidamente pelo chuveiro frio, queimado meses atrás e nunca trocado. Vestiu-se com sua habitual calça social cinza, uma camisa branca de manga curta, sapatos e meias pretos. Saiu de casa às pressas, logo após ter trancado a porta e guardado as chaves no bolso de trás da calça. Desceu as escadarias do prédio com enorme cautela e ganhou a rua sem comer nada, como se acostumara a fazer, cerca de vinte minutos depois de ter atendido ao telefone.

O dia havia amanhecido debaixo de um calor nauseante, o céu pintado num tom azul-claro e uniforme, onde algumas nuvens brancas, quase translúcidas, boiavam solitárias e sem rumo. Uma brisa leve agitava as folhas secas salpicadas pelas ruas e calçadas de Tel Aviv. A cidade, fundada em 1909 nos arredores da antiga província de Jaffa, situava-se na costa mediterrânica de Israel, com uma área aproximada de 51 quilômetros quadrados. Era a maior e mais populosa cidade da região metropolitana de Gush Dan, onde viviam 3 milhões de pessoas. Tel Aviv e Jaffa foram fundidas em um único município em 1950, dois anos após a criação do Estado de Israel.

O doador de sêmen , como Daniel Lebzinski era conhecido, caminhava lentamente, muito mais pela distância da juventude do que pela tranquilidade daquele sábado de agosto. Ele adorava passear pela cidade e observar os edifícios construídos segundo o estilo Bauhaus, levado na década de 1930 por arquitetos judeus europeus que fugiram do regime nazista. Funcionava para ele como uma terapia diante da tristeza de quase todos os dias, das décadas sem sentido. Havia passado os seus 50 anos aqui na Terra a vagar pelas sombras, apenas para não ser notado, sobretudo para fugir de si mesmo. Nunca pôde viver da pintura, seu sonho desde que era garoto, contentando-se em utilizar o pincel exclusivamente como um esporte nos finais de semana. Porém, naquele dia, seu passeio não lhe trazia nenhuma boa lembrança, tampouco prazer.

Ele alcançou os degraus da frente do Hospital Ichilov, um dos mais antigos e importantes de Israel, localizado na Avenida Weitzman, próximo ao centro comercial de Kikar Hamedina, aos solavancos, levando nas costas, magricelas e encurvadas, o peso do cansaço e do remorso. Seus olhos arderam com a iluminação do amplo saguão, decorado em mármore e granito branco polar. Percorreu o cômodo num segundo até encontrar a enfermeira Judith Stelar, com quem mantinha um relacionamento profissional e uma amizade de longa data. Ela o recebeu com um sorriso delicado e o conduziu por um corredor estreito cheirando a detergente e repleto de portas de madeira, pintadas em branco, mesma cor da fachada do prédio. Seus passos se tornaram cada vez mais sonolentos à medida que avançava, adiando ao máximo a chegada à sala de combate, como costumava chamá-la nos tempos em que sorria para o trabalho. Ao fundo, pouco à frente de uma escada que descia em espiral, uma janela escancarada se permitia invadir-se pelos raios de sol, ferventes e intermitentes, dificultando ainda mais sua respiração, curta e ofegante.

Ele prometeu a si mesmo que aquela seria sua última vez. Já fizera essa promessa inúmeras vezes, mas os vencimentos das contas que se acumulavam em atraso fizeram-no quebrar a palavra em todas elas. A pele do doador de sêmen se retesou num súbito, tão logo seus passos se lançaram ao final do corredor, dando de cara com uma pequena saleta. A enfermeira caminhava a sua frente, vestida de branco da cabeça aos pés, os saltos quicando no chão no ritmo do coração de Daniel Lebzinski, pesado e acelerado.

– Espere aqui – ela disse, com a voz entre os dentes.

O homem aquiesceu e se acomodou numa poltrona amarela, disposta ao lado de uma porta pintada na mesma cor e de uma mesa de vidro, onde se apresentavam inúmeras revistas velhas, em sua grande maioria sobre gestantes. O seu cenho pensativo, silencioso e tenso, escondia a explicação para mais uma vez se submeter àquele ato. Uma senhora rompeu o cômodo assim que abriu a porta e em seguida o convidou para entrar. Ela tinha os cabelos avermelhados, olhos cor de caramelo e sobrancelhas fartas. Óculos finos pendiam de seu nariz, pontiagudo, mas bem charmoso.

Vestia branco como Judith e, em seu crachá, lia-se Dalia. O coração do doador de sêmen disparou ao atravessar a porta e descer a galopadas uma pequena escada, com degraus imensos e imersos na penumbra. Aos olhos de uma criança, aquele seria um ótimo esconderijo para vencer uma brincadeira inocente, a qual, décadas atrás, também divertira o pequeno Daniel, ainda livre da obscuridade e dos caminhos espinhosos que a vida lhe apresentou. Desta vez, nada lhe parecia divertido. Ao contrário disso, um pensamento perfurou sua mente como uma flecha envenenada e o desviou daquele momento.

Talvez fosse um bom local para se perder e deixar meu corpo falecer, a milhas de distância de um rosto conhecido, salvo os de Judith, que me asseguraria a única flor sobre minha lápide, sem saudações.

De volta à realidade, encontrou à frente uma nova porta, desta vez pintada num tom cinza e mergulhada num cômodo minúsculo, onde uma cadeira de alumínio se revelava no breu. Lembrou-se de seu apartamento, tão pequeno quanto aquele caixote de paredes brancas, e respirou com mais calma. Outra enfermeira, de pele negra, cabelos curtos, alta e de seios robustos, o interpelou com a voz firme e o trouxe novamente de seus constantes devaneios.

– Entre – ofereceu, num tom sério. Em seu crachá, destacava-se o nome Esther.

O doador de sêmen concordou com um gesto tímido de cabeça e seguiu ao interior do banheiro. O piso era azul, brilhante como o céu daquela manhã e, assim como o restante do hospital, cheirava a uma mistura de cândida e detergente. O homem varreu o local com os olhos. Havia uma pequena janela, retangular, que se mostrava aberta, logo acima do vaso sanitário, acomodado ao lado esquerdo da pia, redonda e perfumada.

As roupas estavam dobradas, avental e luvas dormiam sobre um cesto de bambu, atrás da porta. Uma revista, onde se via uma morena nua na capa, seios fartos, traseiro empinado e pernas torneadas, jazia numa prateleira bem ao lado.

Que mulher prefeita, pensou, num soluço. Mesmo assim, ela não o interessou. Preferiu se trocar com rapidez. Queria deixar aquele inferno o mais depressa possível. Depois de pronto, avental laranja e luvas cirúrgicas, inclinou o rosto na direção do espelho e notou os sinais de seu envelhecimento. A pele brilhosa não existia mais. Em seu lugar, rugas, papada, olhos depressivos e cabelos mais brancos do que os charmosos grisalhos pintavam a tela de um homem vazio, cansado e que transpirava mágoas.

Uma batida na porta, seguida de um grito arrastado, chamou a atenção do doador de sêmen.

— Já terminou, senhor?

Preferiu o silêncio a qualquer palavra como resposta. Apoiou as mãos no encosto do vaso e deslizou o corpo até se acomodar sentado. Segurou com a mão direita, firme, dedos cerrados, o pênis rijo, como os anos de prática o fizeram se acostumar. Na mão esquerda, um copo de plástico aguardava o material a ser ejaculado. Nada de novo!

Ele já fizera aquilo tantas vezes, conhecia todos os ritos. Sua respiração foi se tornando ofegante e entrecortada à medida que o punho descia e subia a pele de seu membro. O sangue quente que corria em suas veias contrastou com a brisa fresca que mergulhou acidentalmente naquele cubículo através da janela e atingiu sua nuca suada. Ele fechou os olhos num gesto calmo e adocicado. Estava vindo, ele podia pressentir. *Perto do gozo! Não! Perto do fim*, pensou, tentando negar o prazer físico, que lhe trouxe primeiro o silêncio, um formigamento na pele logo em seguida e, por último, movimentos bruscos, involuntários e o encontro com a morte. Não a morte que ele desejava, mas um hiato em seu tempo, seguro, antes de o esporro lembrá-lo que a vida também apresentava a pessoas como ele instantes de prazer. Salvo o orgasmo biológico, para ele, só restava tristeza, solidão e amargura. Tinha a certeza de que terminaria sua vida sem ninguém a segurar sua mão quando suspirasse pela última vez. Sem um rosto amigo a chorar sua partida e sua ausência. O líquido branco, grosso e pastoso, preencheu a metade do recipiente. Era o suficiente. Anos atrás, dois copos daquele não bastavam, seu vigor era como o de um leão a caminho da caça.

Aquela sensação de paz e conforto, de plenitude e quietude, comum no período pós-orgasmo, a ele nada significava. Uma lágrima caiu de seus olhos e escorregou por toda sua face no mesmo instante em que a última gota de esperma deixava para trás a cabeça de seu pênis e escorregava copo adentro. Ele arfou com cansaço, se higienizou como de praxe, saiu de maneira envergonhada, também como os anos de experiência lhe ensinaram, pegou seu cheque, como se acostumou a fazer, e chorou, como havia prometido, pela última vez.

DOIS

Jerusalém, dias atuais

Benjamim estacionou o carro em fila dupla, de frente para o edifício Haim II, na movimentada Avenida Nablus, que ligava a Catedral de São Jorge e a Basílica de Santo Estêvão ao Portão de Damasco, um dos infinitos portais da cidade antiga de Jerusalém, construído em 1542 pelo Sultão otomano Solimão, o magnífico. Já era tarde, passava das 22 horas. Sabia que, a essa altura da noite, os policiais que penalizavam motoristas infratores estavam em suas casas há bastante tempo. E mesmo que o fizessem, num caso raro, o fato de estar em processo de serviço militar o livraria facilmente do pagamento de multas de trânsito. O jovem inclinou seu olhar na direção do relógio, disposto no painel do carro, um Chery do ano, e bufou de maneira impaciente ao notar que Laila estava atrasada, embora não fosse nenhuma novidade. Eles se conheceram na infância, estudaram durante onze anos no Colégio Schmidt, ao final da mesma avenida, esquina com a Rua Sultain Suleiman, que se estendia até o Museu Rockfeller, também conhecido como Museu da Palestina, encravado na estreita Rua Az-Zahra, no bairro de Al-Musrara, local onde morava desde que nasceu. Além de frequentarem as mesmas salas de aula, os pais de Laila, os senhores Samuel e Lenora Mordechai, viviam na casa de Benjamim, ora jogando pôquer, ora organizando jantares luxuosos, sempre na companhia de seus pais, Elad e Menorah Raviv.

Logo após a morte da mãe de Lenora, a senhora Nehama, avó de Laila, aos 98 anos de idade, lúcida e autônoma, as visitas dos Mordechai à casa dos Raviv foram se tornando cada vez mais raras, coincidindo também com a época em que Benjamim e Laila descobriram os primeiros beijos. Mesmo com o afastamento das famílias, os dois mantiveram um relacionamento sólido de amizade e namoravam há aproximadamente dois anos.

Benjamim voltou seus olhos à portaria do edifício com certo desdém. Um prédio de quatro andares, recém-pintado na cor bege, como quase todas as construções da cidade, se agigantou diante da janela do carro. À frente da fachada do condomínio, um jardim meticulosamente tratado se estendia até a calçada, em obras, e dava um pouco de brilho àquela noite mergulhada na escuridão. Ele costumava fazer o percurso a pé, mas, diante da tempestade que desabou sobre a cidade na noite anterior, danificando toda a iluminação de Jerusalém, achou por bem ir dirigindo.

A lua cheia e brilhante que se precipitava no céu encoberto por nuvens cinzentas daquela sexta-feira de *Shabat* para os judeus tentava substituir, sem sucesso, a luminosidade dos holofotes, que dormiam nos leitos do abandono. O *Shabat*, cuja tradução significa *cessar* ou *parar*, é o nome dado ao descanso semanal no judaísmo, simbolizando o sétimo dia em Gênesis, momento em que Deus repousou após os seis dias de criação. Neste dia, como todas as sextas-feiras do ano, o *Muro das Lamentações* recebe um enorme número de fiéis, que festejam com cantos, danças e orações do *Torá*, texto central dos judeus, a chegada do dia sagrado.

Por serem cristãos, não praticantes, é verdade, tais acontecimentos nunca alteraram a rotina das famílias Raviv e Mordechai, muito embora Benjamim demonstrasse, silenciosamente, certa simpatia e inclinação ao judaísmo, chegando, inclusive, a frequentar às escondidas, vez ou outra, a Sinagoga Hursa, reaberta há poucos anos, localizada no centro da cidade velha de Jerusalém.

Foi então que a viu. Todo o mau humor instalado pelo atraso da namorada se dissipou no momento em que Laila se apresentou nas escadarias que davam acesso ao jardim e, em seguida, no portão, de ferro e escuro, como a paisagem da cidade. O sorriso largo estampado em seu rosto também levou Benjamim aos risos. Ela vestia uma calça jeans azul-marinho e uma camiseta preta do Metallica, banda que mais amava. Uma mochila pendia sobre suas costas e saltitava enquanto aquela bela jovem atravessava a avenida correndo, de maneira rápida e desengonçada, na direção do carro. Um boné branco escondia do mundo seus cabelos loiros e lisos, mas não de Benjamim, que poderia desenhá-la com a perfeição de Dani Karavan, um dos mais famosos pintores israelenses de todos os tempos. Filho de Abraham e Zehava Karavan, Dani nasceu em 1930 e iniciou seus estudos em pintura aos 14 anos, em Tel Aviv e Jerusalém. Nos anos 1950 foi a Paris e Florença para se aperfeiçoar. Seus trabalhos estão espalhados por todo o mundo.

A porta se abriu e Laila entrou no veículo, juntamente com a brisa gelada que soprava do lado de fora e acabou por retesar a pele de Benjamim. Um abraço forte, seguido de um beijo quente e molhado, antecedeu a partida do motor do carro, que ganhou vida pelas ruas de Al-Musrara. Uma garoa fina e tímida arranhava o para-brisa do Chery QQ prateado, presente de aniversário dos pais de Benjamim, cerca de quatro meses atrás. Na oportunidade, o rapaz alto e esguio, pele clara e cabelos raspados a máquina zero, havia completado 20 anos, mesma idade da namorada.

— Oi, meu lindo! — ofegante, a jovem cumprimentou Benjamim assim que seus lábios se descolaram da boca do namorado num estalo macio. Com o carro já em movimento, Laila, como sempre fazia, apertou o cinto de segurança e jogou a mochila no banco de trás.

— Tudo bem? — ele perguntou de soslaio.

— Aham — Laila afirmou.

— A mochila quer dizer que...

— Aham — repetiu o grunhido e o gesto afirmativo com a cabeça. Sua voz interrompeu as palavras de Benjamim, que, surpreso, deixou-se cair na gargalhada e seus olhos se arregalaram num impulso arrebatado. Em seu cenho, lia-se felicidade!

— Será o melhor fim de semana de nossas vidas, tenho certeza! — ele gritou a plenos pulmões e ligou o som do rádio. A música *Ten ton hammer*, do Machine Head, acordou as caixas laterais do interior do Chery e os risos só se fizeram aumentar.

— Eu também! Até comprei uma roupa de baixo para a ocasião. Acho que você vai adorar! — adivinhou, imprimindo nos olhos o carinho e o desejo que sentia por ele.

— Não vejo a hora — ele disse, se empertigando no banco, com a imagem da namorada de lingerie perambulando pela sua mente. Seus pais passariam o final de semana em Berseba, acompanhando a cerimônia de cremação de tia Tamara, prima distante de Elad. Pela primeira vez, em todo esse tempo que estavam juntos, dormiriam na mesma cama.

– O que disse aos seus pais? – Benjamim perguntou, pausando a música da banda norte-americana de *thrash metal*, que sacudia o interior do veículo.

– Que passaria o final de semana estudando na casa de Batsheva para as provas da semana que vem. Eles a amam! – completou Laila, aos risos.

De fato, o senhor e a senhora Mordechai rasgavam elogios à amizade da filha com Batsheva, sempre muito estudiosa e educada.

Benjamim desligou o carro, pendurou a mochila da namorada nas costas e a conduziu de mãos dadas para dentro de casa. Mas, ao contrário do que as evidências indicavam, não seria nesta noite que eles fariam amor.

TRÊS

Jerusalém, 1993

O barulho estridente do telefone não parava de soar. A recém-casada Menorah Raviv se levantou da cama aos solavancos. Resolveu não acender a luz do abajur, disposto sobre a mesa de cabeceira ao seu lado direito, para não acordar o marido, cujo sono era leve como uma pluma a viajar pelo vento. Todavia, se dependesse da altura e do tempo que o telefone havia iniciado sua cantoria, Elad Raviv poderia muito bem já ter despertado. Mas ela o conhecia bem. Sabia que o esposo amava uma soneca com qualidade. Em sua noite de núpcias, o cansaço do marido era tanto, devido aos preparativos da festa de casamento, que ele mal conseguiu tocá-la. Hibernou na enorme cama de água do Hotel Feronya, em Istambul, cidade mais importante da Turquia, se redimindo na noite seguinte. Menorah cambaleou até a porta do quarto e seus olhos foram atingidos pela luz forte da manhã ensolarada daquele início de verão israelense, que se estende de abril a outubro. Cerrou os olhos até ser capaz de decifrar onde estava e de onde vinham os gritos do telefone. Arfou de maneira prolongada e se encaminhou a passos apertados e desequilibrados na direção da escada. Eles haviam se mudado há oito meses para este sobrado luxuoso, que gozava de um conforto acima da média para os padrões israelenses, situado no bairro de Al-Musrara, em Jerusalém. Desceu os degraus pulando de dois em dois e atendeu ao telefone com a voz rouca e entrecortada.

— Pois não?
— Senhora Menorah Raviv?
— Sim.
— Yakoov, secretário do IAF Laboratórios.
— De onde?
— Inseminação Artificial e Fecundação Laboratórios.

– Olá! – Menorah se acomodou no sofá estofado e florido da sala de estar. A esta altura, sua voz já demonstrava uma boa dose de ansiedade e atenção.

– O procedimento será realizado hoje mesmo pela manhã, no Hospital Ichilov, em Tel Aviv, próximo a Kikar Hamedina, por volta das 11 horas. É importante que você esteja em jejum e não se atrase – orientou Yakoov, com a voz pausada e calma.

– A que horas devo chegar? – ela perguntou, sem pestanejar.

– Recomenda-se chegar duas horas antes da cirurgia – sugeriu.

– Estarei lá – Menorah respondeu e desligou o aparelho, sem esconder a alegria e a motivação que a dominavam. Olhou de esguelha na direção do relógio preso à parede sobre a televisão e respirou aliviada. Eram 6 horas da manhã. Havia tempo de sobra para acordar o marido e se locomover com certa tranquilidade até o hospital em Tel Aviv. Um sorriso encantador se abriu em seu rosto pálido, de traços finos e delicados. Ela era uma mulher muito bonita, chamava a atenção dos homens onde quer que estivesse.

Subiu os degraus com confiança e pressa, rompeu o quarto e mergulhou sobre o corpo do esposo.

– Elad, acorde! Nós vamos ter um filho! – Algumas lágrimas escaparam junto às palavras.

– O quê? – ele resmungou, abrindo os olhos de maneira assustada.

QUATRO

Tel Aviv, 1993

Passava das 13 horas quando o doador de sêmen deixou o Hospital Ichilov a galopadas, passos firmes e apressados. Antes, apanhou o seu pagamento na tesouraria e seguiu viagem. Mergulhado num bálsamo de tristeza, sua insatisfação, longe de ser momentânea, martelava em sua cabeça como se fora um mestre em obras, forte e intermitente. Seus passos diminuíram de velocidade ao sentir o estômago roncar, reclamando a falta de comida. De fato, estava sem colocar nada na boca desde a noite passada. Lambeu os beiços ao pensar em se sentar na primeira padaria que encontrasse pelo caminho e quebrar o seu forçado jejum. Mas, ao longo de sua caminhada pela Avenida Shaul Hamelek, que vinha desde a extensa Weitzman e desembocava na região de Kikar Dizengoff, próximo ao bairro onde vivia, inúmeras padarias se apresentaram diante de seus olhos sem lhe despertar o devido interesse. Num súbito, suas pernas estacionaram e o doador de sêmen examinou o local com os olhos, sorveu o ar com enorme dificuldade, mãos na altura do peito, e aguardou por alguns poucos minutos até apanhar o ônibus número 4, que cruza a estreita Rua Allenby, saltando, minutos depois, na entrada do Mercado Carmelo, o maior e mais famoso da cidade, conhecido pelos Israelitas como *Shuk Ha Carmel*. Um local encantador, visitado por turistas do mundo inteiro e muito frequentado pelos moradores de Tel Aviv. Lá, o visitante encontra desde tecidos, tapetes e roupas até inúmeros tipos de frutas, pães, pastas, doces e bebidas. Perfeito para comprar quinquilharias e para um lanche fora de hora!

Nada disso seduziu Daniel Lebzinski, que atravessou o mercado a passos apertados e dobrou a esquina na Eliezer Kaplan, uma ampla e moderna avenida, cercada por prédios altos, lojas de marcas conhecidas mundialmente, casas de chá, cinemas e teatros. Avançou até ganhar a Rua Jatotinsky, na entrada de Neve Tzedek, primeiro bairro de Tel Aviv, seguindo na direção da Rua Tarzhav, onde morava. Com construções charmosas e muito antigas, esquinas arredondadas, ruelas estreitas no estilo europeu e intensa vida noturna, Neve Tzedek tinha a aparência de uma vila e se tornou um dos mais importantes pontos de encontro dos moradores da cidade. Essa região era famosa por ter abrigado inúmeros artistas israelenses e pela sua arquitetura Georgiana, que assimilava elementos neoclassicistas às estruturas góticas.

Um jovem de bigode tão saliente que lhe tapava os lábios, vestido com uma calça jeans surrada, sandálias e um avental marrom desbotado, o cumprimentou.

– Como vai, Daniel?

Mas o doador de sêmen estava aturdido em seus atormentados devaneios e retribuiu o cumprimento apenas com um tímido gesto de cabeça. Em seu pensamento, uma nota fora do tom lhe chamou a atenção. *Quem é esse cara?*, pensou, de maneira entrecortada e confusa, enquanto continuava a bater perna pela rua onde morava. O jovem, que cuidava do armazém agrícola de seu pai, inaugurado nos anos 1940, insistiu em saudá-lo quando o avistou novamente passando cabisbaixo em frente à entrada de seu estabelecimento.

– Como vai, Senhor Lebzinski? Quer alguma coisa? – arriscou. Sua voz, alta e robusta, carregava certa preocupação ao notar que o vizinho havia passado reto pelo portão do edifício onde morava pela segunda vez.

O doador de sêmen, na oportunidade, mal ergueu a cabeça, ignorando o jovem Kibutz e marchando em frente sem pestanejar.

A origem da palavra Kibutz vinha de Kutzvá, que, traduzindo do Hebraico, língua oficial do país, significava comunidade. O nome fora utilizado para identificar os jovens judeus que se instalaram nas colônias agrícolas vindos da Europa Oriental. Hoje, a palavra é empregada para definir as pessoas que trabalham com frutas, verduras e legumes, incluindo as grandes indústrias de exportação, e as comunidades religiosas dos judeus ortodoxos.

Mais uma volta pelo quarteirão até encontrar os portões de ferro do prédio, sempre abertos, graças à falta de violência daqueles raros tempos de paz vividos na cidade de Tel Aviv. Avançou pelo interior do solitário corredor, brilhante e extremamente limpo, e subiu as escadarias, cheirando a cloro, até seu corpo se deparar com a porta de número 101, de madeira maciça, pintada na cor azul-claro, como as outras do mesmo andar, o portão da frente e as janelas espalhadas por todo o imóvel. Daniel arfou com desânimo, tateou os bolsos e arregalou os olhos de maneira assustada. Entalada na garganta, a única sentença que viajava pelos túneis de sua mente:

– Onde está a chave? – se perguntou em voz alta.

Nada veio a sua cabeça naqueles minutos que se seguiram, exceto outras frases, ansiosas por respostas e explicações que lhe roubavam a ínfima quantidade de paz que ainda salpicava pelo interior de sua alma.

De onde viera? O que havia feito pela manhã?

Confuso, como se um vazio, um hiato, um buraco houvesse se instalado no tempo, recostou a cabeça na madeira da porta numa demonstração de derrota e entrega, e esperou até que alguma resposta lhe chuviscasse a mente.

Os segundos se transformaram em minutos e nada! Uma lágrima escorreu por toda a extensão de sua face até surgir, em seus lábios, um nome:

– Judith – deixou escapar, erguendo a cabeça com alívio, mas sem sorrir. Como o sol depois da tempestade, aquela sinapse de recordação lhe trouxera certa tranquilidade. Mais tarde, aquele mesmo sinal que lhe presenteou com um breve afastamento de seu sofrimento e um singelo semear de esperança o cumprimentaria como uma afiada e dolorosa estacada no peito e se apresentaria na sua mente como um dos primeiros sintomas da doença que o acompanharia pelo restante de seus dias na Terra, o Mal de Alzheimer. Por ora, o doador de sêmen deixou-se cair, entregando-se à fadiga, ali mesmo, no chão gelado do corredor do edifício, com as costas apoiadas na porta fechada, que o separava do interior de sua casa.

CINCO

Naquela mesma tarde

O perfume de detergente assaltava a respiração da experiente enfermeira, enquanto, logo após o final de seu expediente, limpava e preparava as vias e os cômodos do laboratório para o turno da noite. Há anos agia da mesma maneira. Judith fazia questão de inspecionar cada centímetro do setor pelo qual era responsável e não se colocava no caminho de casa se tudo não estivesse brilhando, como um raro diamante. E foi um metal brilhante que lhe chamou a atenção no instante em que apagava a luz do último cômodo do extenso laboratório, o banheiro.

O que é aquilo? Um pensamento chuviscou em sua mente.

Judith Stelar se apoiou sobre os joelhos na esperança de melhor enxergar, mas não foi capaz de identificar o objeto reluzente que jazia no chão, disposto na parte de trás do vaso sanitário. Não encontrou outra maneira e resolveu se agachar e engatinhar pelo piso até a parede do fundo, que abrigava uma pequena janela retangular. Esticou o braço o máximo que pôde e a ponta de seus dedos tocou uma textura rígida e fria, fazendo-a recuar num súbito. Riu de si mesma quando descobriu, na segunda tentativa, que sentira medo de um molho de chaves. Uma flechada atacou-lhe na altura do peito quando seus olhos pousaram sobre o chaveiro, uma gôndola veneziana, e seu sorriso foi engolido garganta abaixo, deixando em seu lugar uma expressão séria e preocupada.

– Daniel – deixou escapar em voz alta.

A enfermeira saltou para fora do hospital às pressas, vestida numa calça jeans agarrada, que ressaltava suas belas curvas, um tênis de caminhada e uma camisa de manga longa pintada na cor preta. Uma bolsa de pano estampada em várias cores pendia sobre seu ombro direito e, na mão esquerda, seus dedos cerrados apertavam com vontade o molho de chaves de Daniel Lebzinski, amigo de longa data. Talvez Judith fosse, para o doador de sêmen, o seu único porto, a sua única lembrança de existir alguém por notá-lo.

E ela o amava! Mais profundamente do que um dia imaginou fazê-lo e, interpretando seus instintos, muito além do que ele a retribuía.

Num passado distante, há aproximadamente quinze anos, Judith e Daniel Lebzinski, na ocasião um jovem forte que exalava energia, tiveram um rápido caso amoroso. Eles saíram algumas vezes para se conhecer, para conversar, para tapear a solidão, que já tatuava em seus tecidos desenhos melancólicos, e acabaram por se tornar amantes, não namorados, como o rapaz gostava de deixar claro. O lapso romântico que os uniu foi interrompido pelo longo período em que Daniel viveu na cidade de Veneza, na Itália, deixando Judith sozinha e prenha, sem que nunca soubesse. Ela estava presente no momento em que o amado partira.

A Estação Ferroviária de Railway, que ligava Tel Aviv ao aeroporto internacional de Ben Gurion em aproximadamente doze minutos, como sempre, se mostrava lotada. O trem era branco como a neve, que castigava aquele janeiro de frio intenso e não tão incomum em Israel nessa época do ano. Aos seus olhos, que seguravam as lágrimas com enorme dificuldade, aquela serpente de ferros sobre trilhos levava embora sua felicidade e o pai de seu futuro filho. Judith mal sabia que, por dentro, o coração do doador de sêmen gritava para que ele desistisse da viagem e ficasse com ela. Os olhos de Daniel, molhados e avermelhados, observaram-na se distanciar pela janela do último vagão, até perder para as sombras seu único e verdadeiro amor. A jovem Judith viveu cada momento da gravidez se questionando se deveria ou não escrever para o amado e contar-lhe sobre o filho. Chegou a rubricar algumas palavras no papel, por incontáveis vezes, mas a falta de coragem e o hábito de viver por si mesma desde a adolescência, quando a tuberculose levou embora seus pais, fizeram-na sempre desistir. Mesmo em solitude, ao olhar para o filho, já crescido e educado sob seus modestos recursos e infinitos esforços, uma lembrança carinhosa dos tempos em que viveu o seu único e grande amor a abraçava com enorme conforto, e a saudade de dividir sua cama com o doador de sêmen lhe adocicava os pensamentos. Pedira a Deus que nunca faltasse nada para Allen, e isso lhe fora sempre concedido. O menino sempre se revelou saudável, educado, inteligente e cheio de vida. *Uma benção*, como ela costumava dizer para si mesma em devaneio. A caminho de casa, onde assistiria seu filho e pensaria no que preparar para o desjejum noturno, Judith foi acometida por uma estranha ausência de pensamentos, preocupando-se apenas em colocar um pé à frente do outro, em disparada, e chegar rapidamente ao seu modesto apartamento, no bairro de Ahuzat Bayit, ao lado da Estação Central Rodoviária, onde descera do ônibus minutos atrás. Seguiu a passos firmes pela larga Avenida Petah Tikva, virou à direita na Rua Yitzhak Sade e olhou na direção do segundo prédio daquele estreito quarteirão, com uma fachada de tijolos envernizados e janelas verdes bem escuras. A luz se apresentava acesa no primeiro andar, indicando que Allen já estava à sua espera. Sorriu com liberdade e alívio!

Abriu a porta de casa e fitou Allen adormecido sobre o tapete da sala com o controle remoto da televisão, presente de Daniel Lebzinski há alguns anos, descansando em sua mão esquerda. A função *Mute* do televisor o transformava num aquário de cores e formas que se agitavam a cada segundo. Judith arfou com ternura antes de acariciar os cachos castanhos e longos do filho. Apanhou delicadamente o controle de sua mão para não correr o risco de acordá-lo e desligou o aparelho de TV, que morreu num clique.

Escreveu um pequeno bilhete e o deixou dobrado sobre a palma da mão esquerda de Allen, onde minutos antes o controle remoto se acomodava.

Filho,
Volto logo!
Trago sanduíches de falafel para o jantar.
Beijos,
Mamãe.

Judith Stelar repassou o pequeno texto em pensamento enquanto trancava a porta e seguiu a pé rumo à casa do doador de sêmen, logo em seguida. A jornada não era longa, os bairros eram vizinhos e o tempo estimado para viajar de uma porta a outra era de apenas quinze minutos. Judith completava o percurso em bem menos tempo, já que, mesmo quando estava a passeio, caminhava com a pressa de um atleta numa maratona.

Seu cenho carregado não escondia a preocupação com Daniel Lebzinski e ela se perguntava como seu amado estaria neste exato momento. Sabia que todos esses anos envoltos em tristeza e agonia certamente lhe presenteariam com muitas marcas e sequelas. Ele, que sempre fizera questão de se mostrar um homem seguro, forte e metódico, agora dependia dela para entrar em casa e descansar de uma tarefa exaustiva e estressante. Mesmo que aquele esquecimento representasse um deslize ocorrido num dia ruim, um fato isolado, como um chuvisco que cai sobre uma montanha, lágrimas se esvaíram de seus olhos exatamente no momento em que ela irrompia os portões do prédio e subia as escadarias com a rapidez de um lobo.

O meu amor jamais irá dormir fora de sua cama, pensou, aflita, mas decidida. *Não, se depender de mim*, completou o pensamento e o percurso.

Seu corpo se enrijeceu num sobressalto e ela levou as mãos na altura do rosto ao avistá-lo naquelas condições. No chão, um homem se achava deitado, com as costas apoiadas na porta de sua casa, olhos fechados e boca entreaberta, como um moribundo caído de bêbado na sarjeta.

Judith tentou engolir as palavras, mas não foi capaz. Deixou escapar um grito, alto e uníssono:

– Daniel?

Dois olhos cansados e caramelados se abriram.

SEIS

Jerusalém, dias atuais

Laila cursava o primeiro ano de enfermagem na Universidade Hebraica, localizada no *Monte Scopus*, bem no coração de Jerusalém. Inteligente desde pequena, fora aprovada sem a necessidade de aulas particulares ou cursos preparatórios, logo após ter cumprido seus dois anos de obrigação militar; os homens permaneciam no exército por três. O enorme complexo, que se via repleto de prédios, bibliotecas e laboratórios, cercado por arvoredos e extensos gramados, tem marcado em sua história períodos de medo e terror. Em meados de 1948, quando a instituição já gozava de grande prestígio e era apontada por muitos cientistas como um dos maiores centros de pesquisa do mundo, os árabes atacaram seu campus com enorme ferocidade, deixando um amontoado de sangue e pedras. No ano seguinte, o governo da Jordânia quebrou o tratado amistoso entre os países e proibiu o acesso do povo israelense às suas dependências.

Somente após a reunificação de Jerusalém, vinte anos mais tarde, e uma intensa reforma, que se estendeu por mais quinze, a Universidade Hebraica, que nesse período usufruiu de um novo campus em Givat Ram, oeste da cidade, pôde retornar enfim ao seu local de origem, em 1981.

Laila se certificou de que as janelas e persianas do quarto estavam fechadas e arfou num longo desabafo. Estava nervosa, trêmula! Evidentemente, a primeira vez não era fácil para ninguém. Algumas de suas amigas já haviam feito amor com seus namorados, o que de certa maneira a encorajava, mas os depoimentos a afligiam. *Desconfortável e dolorido* foram as palavras mais ouvidas. Parte dela queimava como uma labareda e desejava se lançar por entre os braços de Benjamim, seu oceano. A outra metade queria sair correndo. O namorado estava deitado, vestia apenas uma cueca branca e meias. Ele não suportava seus pés sempre gelados. O abajur se achava aceso ao lado da cama de solteiro, disposto sobre uma mesa de cabeceira de madeira, forrada de adesivos de bandas de rock. Sobre a cama, acima da cabeça de Benjamim, um pôster do Iron Maiden *Killers*, pregado à parede, testemunhava a ausência de calma e a ansiedade do casal de namorados. Laila correu os olhos timidamente pelo corpo do namorado, ossos largos, músculos firmes, pernas bem torneadas e a barba por fazer, como ela gostava.

Um arrepio a preencheu de maneira completa, tatuando o seu corpo de bolinhas secas, deixando a umidade apenas para suas entranhas, que se revelavam molhadas e quentes. Seus lábios formigaram e, num movimento trêmulo, ela deixou cair a camisola cor-de-rosa por sobre o tapete vermelho do quarto.

— Nossa! — exclamou Benjamim num sopro, os olhos cravados nela.

Laila deu uma volta pelo cômodo, passos vacilantes, mas incrivelmente sedutores, como se fora uma modelo num desfile. Ela vestia um sutiã e uma calcinha dourados.

— Vem — convidou Benjamim, num sussurro.

A jovem, mesmo nervosa e inexperiente, lançou ao namorado um olhar de mulher madura, bem diferente de outrora, quando evitava ao máximo encará-lo de frente. Benjamim estendeu suas mãos para Laila, que se apoiou com os joelhos na beirada da cama e se projetou para a frente. Seu corpo, arrepiado e fervente, desabou por sobre o rapaz, gelado como um *iceberg*. Suas bocas se encontraram num beijo molhado e doce. As mãos de Benjamim percorreram as curvas de Laila com pressão e fome.

Os lábios do rapaz estalaram levemente, como numa cócega, o pescoço de Laila, deixando um rastro de hálito quente debaixo da orelha, fazendo-a perder a cabeça e as roupas de baixo num súbito. Pela primeira vez ela estava nua diante do namorado.

— Coloque a camisinha — sussurrou.

O rapaz, desajeitado e igualmente inexperiente e tenso, com a cabeça do pênis querendo escapar da cueca, girou o corpo na direção da gaveta do móvel ao lado da cama e, com um movimento brusco e único, a abriu. Não havia nada, além de papéis, uma agenda e alguns CDs. Uma expressão mórbida se revelou em seu rosto.

– O que houve? – Laila perguntou, percebendo que algo andava errado.

– Meu pai deve ter camisinhas em uma de suas gavetas. Espere aqui!

Benjamim saiu do quarto de um golpe só e, num salto ágil e confiante, rompeu a suíte de seus pais à procura dos preservativos que, inocentemente, se esquecera de comprar.

Acendeu a luz, caminhou com rapidez na direção da escrivaninha e abriu a gaveta. Uma calculadora, canetas e vários envelopes se apresentaram diante de seus olhos. Não era o que procurava!

Inclinou o rosto na direção do closet. A gaveta de cuecas e meias, que se mostrava entreaberta, lhe chamou a atenção.

– É isso! – um estalo despontou em sua mente, como se um holofote fosse aceso no breu. O rapaz deslizou até o armário e puxou a gaveta, que escorregou até alcançar seus joelhos. Um apinhado de roupas emergiu para fora do móvel, como detentos fugindo de uma cela recém-aberta.

– Amor, por que você está demorando?

– Um minuto – ele respondeu, cravando os olhos por sobre um envelope cinza e brilhante, onde se lia a data 1992, escrito à esferográfica com a letra do pai.

Benjamim varreu a gaveta com os olhos na esperança de que algum preservativo o cumprimentasse, mas foi o envelope que lhe despertou curiosidade. Apanhou o documento entre os dedos, desdobrou a ponta do papel com enorme cuidado e puxou para si mesmo uma folha amarelada. Correu os olhos por ela de maneira veloz e deixou escapar algumas palavras, como num murmúrio:

– Que diabo é um espermograma?

Laila surgiu de repente apoiando-se no batente da porta. Ela vestira a camisola já prevendo a noite sem descobrir o amor.

– O que é isso? – perguntou ao namorado, percebendo seu rosto pálido e assustado.

– Parece um exame que meu pai fez no início de 1992. Um ano antes de eu nascer.

– Posso dar uma olhada? – A estudante de enfermagem apanhou a folha das mãos de Benjamim.

— O que diz aí? Meu pai tem alguma doença grave? — perguntou, preocupado.

Laila estava emudecida, cenho petrificado e apenas tratou de negar com um gesto de cabeça.

— Vamos, desembucha! O que diz aí? — Benjamim gritou, sem saber que dali a poucos segundos o mundo e as lágrimas desabariam diante de seus olhos.

Laila encarou o namorado e, com a voz entrecortada, disse, num sussurro:

— Isto é um espermograma realizado no IAF Laboratórios em 1992. Se eu não estiver enganada, o seu pai, Elad Raviv, não pode ter filhos. Ele é estéril.

SETE

Tel Aviv, 1993

A viagem de Jerusalém para Tel Aviv foi tranquila e rápida, cerca de quarenta minutos. A Autoestrada 1, que cortava Israel de norte a sul, era extremamente bem conservada e de incrível visibilidade. Deixava pelo caminho o Aeroporto Internacional de Ben Gurion e desembocava às margens do rio Ayalon, na Autoestrada 20, que dividia a cidade de Tel Aviv de Ramat Gan. Menorah dormiu durante todo o trajeto. Abriu os olhos apenas quando o carro, um volvo preto metálico do ano, com rodas de liga leve, ar-condicionado, direção hidráulica, bancos em couro sintético e teto solar, parou na frente do Hospital Ichilov, às 8 horas da manhã.

O nervosismo tomava conta da jovem Menorah Raviv, a respiração não poderia estar mais ofegante e, a se julgar pelos batimentos cardíacos acelerados, não seria nenhuma tragédia se ela fosse encaminhada a um cardiologista no lugar da intervenção cirúrgica simples que se submeteria a seguir. Tanto que seus dedos tamborilavam nos apoios da cadeira estofada e confortável, ao ritmo de seu coração, enquanto esperava na antessala pelo chamado do médico, o Doutor J. R. Zeviel, unanimidade mundial no procedimento. Lembrou-se da primeira vez que fez amor com Elad, na segunda noite de sua Lua de Mel. Istambul queimava sob um calor fervente, ao contrário de seu corpo, que tremia com a pele gélida, ansiosa e insegura, tal como agora, como se estivesse na Sibéria.

Sorriu, pois naquela oportunidade tudo havia ocorrido de maneira satisfatória.

A enfermeira Adélia, uma senhora simpática e de traços finos, rompeu a saleta em silêncio e ofereceu a Menorah um comprimido que ela conhecia muito bem, o indutor de ovulação. Sua composição é feita à base de citrato de clomifeno, e, como preparação ao instante de ovulação, a jovem tomava todas as noites havia quase um ano. Num movimento único, ela lançou o medicamento goela abaixo, negando, logo em seguida, o copo de água que a enfermeira, vestida impecavelmente de branco dos pés à cabeça, lhe estendeu. Sua visão era turva, nublada, estava sem os óculos, esquecera também suas lentes de contato, mas foi capaz de enxergar, numa varredura rápida com os olhos pelos quadros pendurados na parede à sua frente, fotos de lindas mulheres com seus bebês no colo, e se imaginou uma delas. Arfou com um pouco de tranquilidade assim que Elad apareceu e lhe deu a mão.

– Você demorou – ela disse, num súbito.

– Estacionei muito longe, não havia vagas – o esposo respondeu, num sussurro.

Segundos depois, Yakoov, que ligara pela manhã na casa dos Raviv, um jovem alto, moreno, de olhos azuis, feito o mar da Galileia, avançou no interior do cômodo e disse, com a voz adocicada:

– Vamos! Está na hora!

– Ele pode ir? – perguntou Menorah, inclinando o olhar na direção do marido, com os dedos cerrados e entrelaçados.

– Claro que sim! – respondeu Yakoov.

A sala de cirurgia era ampla, bem iluminada e, como todo o restante do hospital, cheirava a limpeza. O doutor estava de costas para a cadeira ginecológica, esterilizando suas mãos. Olhos cravados na pia, disposta ao lado de uma janela que se estendia do teto ao piso, onde a luz do sol penetrava de forma livre e espontânea. À esquerda de Menorah, que observava tudo atentamente, se apresentavam uma mesa de vidro e três cadeiras. Sobre ela, um computador, papéis se amontoando de maneira desorganizada, uma dúzia de canetas descansando no interior de uma xícara alaranjada e um porta-retratos com a foto do médico, na ocasião bem mais moço, abraçado a uma mulher de cabelos longos e loiros. Imaginou ser sua esposa, num súbito e vago pensamento.

– Senhora Raviv, pode se vestir – orientou a enfermeira Adélia, acompanhando a paciente até o lavabo, que se apresentava ao lado direito da porta de entrada. Um avental verde, um par de sandálias e uma touca cirúrgica cobriam o corpo da jovem, com semblante ansioso e frágil, ao se projetar na direção da cadeira ginecológica. Yakoov auxiliava o Doutor J. R. Zeviel nos procedimentos que antecediam a cirurgia.

— Como vai? — disse o cirurgião. Um senhor de sorriso fácil, cabelos grisalhos e óculos do tipo fundo de garrafa, que não cobria nem metade de sua farta sobrancelha. Ele vestia um jaleco branco por sobre um terno azul extremamente elegante, de onde se revelava uma gravata lilás.

— Tudo bem — respondeu Menorah, com a voz entrecortada.

— Não fique nervosa! A inseminação artificial intrauterina é uma intervenção simples e indolor e não passa de quinze minutos.

Introduzida pela primeira vez na cidade do Porto, Portugal, em 1985, pelo médico e professor Alberto Barros, a inseminação artificial intrauterina ficaria famosa e se estenderia ao restante do mundo num tempo recorde de um ano.

A evolução dos folículos era controlada pela ultrassonografia para determinar o momento de ovulação, dirigida pelas mãos tranquilas de Adélia. O Doutor Zeviel, com um cateter fino e longo nas mãos, aguardava a hora certa de inserir os espermatozoides no útero da jovem. Elad, andando de um lado para o outro, parecia agora o mais nervoso da sala.

— Pronto! — conferiu Adélia, olhos enterrados no visor.

Menorah sentiu um leve desconforto, como uma cólica menstrual, quando o cateter foi introduzido em sua vagina e atingiu seu órgão uterino, depositando o sêmen selecionado.

— Acabou — revelou o médico, despedindo-se do casal Raviv, que a esta altura ardia de felicidade.

— E agora, Doutor? — perguntou Menorah, antes que o médico deixasse a sala.

O Doutor J. R. Zeviel, sempre muito atencioso e prestativo, virou-se na direção da jovem e disse, com certa descontração:

— Descanse um pouco antes de sair, não mais do que vinte minutos. Em seguida, vão pra casa e comemorem. Afinal, você está grávida!

De fato, o casal Raviv saiu à noite para jantar em comemoração ao futuro filho. Um pouco afastado do agito do centro de Jerusalém, o restaurante *Between Aza and Berlin*, localizado na estreita Rua Aza, nos arredores da Praça Safra e dentro de uma belíssima viela, foi o local escolhido. Ambiente agradável, música romântica à meia-luz e especialidades do leste europeu, o estabelecimento se achava sempre lotado, frequentado por artistas, estudantes, boêmios e turistas.

O cardápio não podia ser melhor e mais simples. Uma sopa de legumes servida bem quente dentro de um pão artesanal, *mussaka*, prato à base de berinjela, e *sarma*, repolho azedo recheado com arroz e soja. De sobremesa, caldo de airela, fruta muito comum nos países frios, salpicado com hortelã. Apesar da imensa alegria que os consumia naquela data especial e nos meses que se seguiram, o nascimento e a convivência com o filho Benjamim foram cercados de muita discórdia conjugal. A identidade do doador de sêmen e a visível falta de semelhança de Elad com seu filho atormentavam o pobre homem e o levaram a deixar e a retornar à esposa inúmeras vezes ao longo dos tempos.

Eles teriam um filho, sonhado desde os dias em que eram namorados, mas não viveriam felizes, como escrito nos contos de fadas.

OITO

Tel Aviv, 1993

Enquanto Allen dava os primeiros sinais de despertar, abrindo os olhos de modo atabalhoado e vacilante, Judith suava com o corpo nu por sobre o amado Daniel Lebzinski. Ela havia tentado ir embora, mas o cheiro dele, preso a cada centímetro daquele microapartamento, os olhos tristes encravados em seu rosto e a pele, que durante tanto tempo sonhara em tocar nas madrugadas frias que atravessara de maneira solitária, se tornaram irresistíveis diante de todos os seus desejos.

Nas paredes do pequeno cômodo, o sonho de Daniel Lebzinski jazia por anos esquecido. Suas belas telas se espalhavam aos montes e se destacavam em meio aos móveis desbotados que mobiliavam o seu lar. Podia se ver ao fundo, em uma perfeita harmonia de cores, o Mar da Galileia, cercado pelas montanhas de Tiberíades e Cafarnaum, cidade que abrigou Jesus em seus últimos três anos de vida. Ao seu lado, o Palácio de Herodes, construído sobre o forte de Massada, no deserto da Judeia, e, bem próximo à janela, o rosto de Judith, pintado em preto e branco, disputava a atenção com um homem orando no Muro das Lamentações e com dezenas de crianças jogando futebol em um campo aberto de areia. Judith, agora por baixo do amado, com as mãos sobre suas costas, pressionava o corpo de Daniel ainda mais fundo para dentro de si e, sentindo-se preenchida completamente, gritou alto o furor doce que a invadiu num orgasmo há anos afogado.

— Preciso ir embora, meu amor — ela disse, assim que recuperou o fôlego.

O doador de sêmen se mostrava exausto e calado, olhos mirando o vazio, respiração entrecortada e ofegante. Um leve traço nos lábios indicava um sorriso.

Judith vestiu-se com rapidez e, com a praticidade de sempre, apanhou sua bolsa e partiu. Antes de sumir da vista de seu amado, jogou-lhe um beijo de longe, bateu a porta com suavidade e ganhou as ruas.

Uma lágrima despontou de seus olhos e percorreu toda a extensão de seu rosto. No pensamento, a certeza de que aquela seria a última vez que faria amor com Daniel Lebzinski.

– Eu te amo – ouviu-se dizendo, enquanto caminhava na direção da Casa Homus Sholum, já na rua de casa, para comprar falafels para o filho.

Abriu a porta do apartamento num rompante, mas os olhos voltados na direção do piso de carpete de madeira, velho e barulhento, lhe garantiam uma dose extra de culpa.

Allen se achava sentado sobre o sofá com uma tigela de sorvete nas mãos.

– Sorvete antes do jantar? – Judith o repreendeu.

– Não faz mal, mãe. Eu estou faminto e vou devorar a comida com sorvete e tudo – disse, aos risos, levando a mãe a uma gargalhada leve e plena.

O menino avançou na comida com o apetite de um trator a cavoucar um buraco na terra. Terminou de jantar em menos de dez minutos, dividindo sua atenção ora nos falafels, deliciosos bolinhos de grão de bico fritos, muito consumidos nos países do Oriente Médio, ora no jogo de voleibol, entre as seleções de Israel e do Líbano, pela Copa da Ásia Menor. Na oportunidade, Israel estava levando uma surra. O jogo já se encaminhava para o final do terceiro e último set, com o placar marcando 11 a 3 para os adversários, que também venceram com facilidade as duas primeiras partes da partida.

Allen adorava o esporte. Passava todas as tardes na escola, após o término das aulas regulares, treinando com a equipe de voleibol que representava o colégio nos torneios estudantis. Há aproximadamente dois anos, quando o menino estava com 13 anos, o time infantil do Colégio Tel Aviv – Israel, localizado dentro do complexo da Universidade de Tel Aviv, junto ao Museu da Diáspora, que conta o movimento de expulsão dos judeus pelos romanos e sua disseminação pelo mundo, chegou até a final do torneio *Esporte pela Paz*, em 1991, perdendo a final no *Tie Break*, quinto set, pelo placar de 15 a 13, para o Colégio Rosa Hashaná, de Jerusalém. Foi a única vez que o menino deixou Tel Aviv, já que a partida final fora disputada em Cafarnaum. Uma semana antes do início da competição, Allen havia recebido o tão sonhado *Bar-Mitzvah*, cerimônia que comemora a maioridade religiosa do jovem judeu e o permite ler o *Torá* em público. Judith sempre se lembra dessa época com enorme ternura e encantamento. Nunca vira Allen tão feliz. Margeada pelo Mar da Galileia, Cafarnaum é conhecida como a cidade de Jesus, por ter se tornado sua morada nos últimos três anos de sua vida, ao lado de Pedro, além de ter abrigado o encontro de Cristo com seus 12 discípulos.

– Está satisfeito? – Judith perguntou, recolhendo os pratos.

– Aham – murmurou Allen, sem tirar os olhos da TV. Em seus pensamentos, o jogo já passava a quilômetros de distância. Uma questão crescia e tomava força em seu interior, ansiando por alguma resposta, como o magma de um vulcão prestes a explodir.

– Você está bem, meu filho? Quer mais alguma coisa antes de se deitar? – sua mãe lhe perguntou com os olhos marejados de cansaço, desviando Allen, por míseros segundos, de seus arrebatadores devaneios. Allen negou com um gesto de cabeça, evitou olhar para sua mãe e se dirigiu na direção de seu quarto, debaixo de um silêncio desconfortável.

– Boa noite – ele disse, num sussurro, antes de se jogar na cama e se entregar a uma longa noite de sono, sem sonhos. Em seus lábios, a pergunta que consumia sua sanidade ainda se construía em voz tão baixa que mesmo os anjos que o protegiam durante a madrugada, segundo suas próprias crenças, não seriam capazes de ouvir.

Apenas ele!

Por que minha mãe nunca me mostrou uma foto do meu pai?

Com essa indagação entalada na garganta, ele cerrou os olhos.

NOVE

Jerusalém, 1993

As árvores com os galhos nus se envergavam ao açoitar dos fortes ventos. Fazia frio. Jerusalém vivia um dos invernos mais rigorosos dos últimos vinte anos. O dia amanhecia com a temperatura abaixo de zero, mesma marcação do cair da noite. Durante o período da tarde, onde costumeiramente os termômetros se erguiam com o aquecimento do sol, os marcadores não ultrapassavam os 7°C, e ainda traziam em sua bagagem chuva e folículos de gelo. Nada disso parecia ter importância.

O sorriso tatuado no rosto de Menorah ao entrar na sala de parto do Hospital Hadassah, o mais antigo de Israel, localizado no bairro de Ein Kerem, era capaz de derreter todo e qualquer floco de neve que se atrevesse a tocar sua pele, tão escandalosa sua alegria. Um cômodo amplo, bem iluminado, pintado num tom verde cidreira e bem aquecido se apresentou diante de seus olhos. Pela janela, à esquerda da cama onde se deitaria dentro de poucos minutos, uma ventania cinzenta castigava a cidade sem rodeios. Elad caminhava a passos apertados de um lado para o outro, pelos corredores limpos e brilhantes da maternidade, transbordando nervosismo. Num ato que se repetia em sobressaltos, ele esfregava uma mão na outra, logo após lançar sobre os dedos, quase congelados, uma baforada quente na tentativa em vão de espantar o frio. Na falta de coragem, preferiu não participar dos procedimentos médicos que trariam seu filho ao mundo. Era fraco ao se deparar com sangue e sua pressão andava prestes a estourar, alta desde o início da gravidez de sua esposa. As contrações estavam no tempo certo, num intervalo de cinquenta segundos, preparando de maneira saudável e natural o colo do útero para a passagem do bebê. O Doutor Uziel Levy, vencedor do Prêmio Nobel de Medicina no ano de 1988, orientava Menorah com a voz tranquila em cada uma das etapas do parto.

— Empurre agora, mamãe! — ele disse, com a voz serena.

A jovem fez grande força soltando gritos estridentes de dor.

Num súbito, imaginou Elad no corredor, próximo à porta, tendo um ataque de nervos ao ouvir seus uivos, e caiu numa gargalhada relaxante e proveitosa.

— Isso — o médico elogiou, soltando um riso soluçante e tímido.

O rosto de Menorah se enrijeceu e se apimentou no momento em que contraiu o abdômen e forçou o bebê para fora. Os olhos do filho já puderam enxergar a luz, quando a pequena cabeça e os ombros deixaram para trás o ventre materno.

— Mais uma vez — orientou o Doutor Levy.

Desta feita, Menorah nem precisou empurrar com tanta energia. Projetou o filho ao mundo com certa tranquilidade, e ele deslizou às mãos do médico, escorregando com suavidade, como faria anos depois nos parques do pátio da escola. Menorah cerrou os olhos com alívio e um choro, agudo e fino, ecoou pelo interior da sala invadindo seus ouvidos como se fora uma prece. A nova mamãe sorriu e agradeceu a Deus. Mesmo assim, ainda parecia aflita. Sua pele se mostrava rígida e trêmula, a boca seca e o coração exageradamente acelerado, tanto que parecia querer fugir de seu peito pela garganta. O corpo de Menorah se acalentou tão logo a enfermeira Nelly, nome que se destacava no crachá por sobre o avental branco que a vestia, trouxe o filho junto a seu peito.

— Você já sabe o nome? — a enfermeira Nelly perguntou, num sussurro.

— É menino ou menina? — Menorah retrucou. Durante a gestação, ela se recusou a saber o sexo da criança.

— Menino.

— Benjamim — sussurrou para si mesma.

A nova mamãe deixou escapar um sorriso singelo e imaginou, num rompante de felicidade, o filho, de camisa e calção, correndo pelo quintal de casa com uma bola nos pés, ao lado do pai, enquanto preparava Homus, falafel, bolo de chocolate e suco de romã para o almoço. Fato que nunca viria a acontecer. Durante o caminho de volta para casa, o silêncio era tanto que uma mosca saltitando pelo vidro lateral do carro do lado de fora podia ser ouvida.

Menorah, agarrada ao filho, não escondia a felicidade que a dominava.

Seus olhos brilhavam o que o sol não se fazia capaz, diante do frio intenso daquela manhã, e seus lábios deveriam estar rachados de tanto sorrir.

Ao contrário de Elad, que permanecia calado, cenho fechado, como as nuvens cinzentas que cobriam o céu da cidade, concentrado no trajeto e em seus próprios fantasmas. Em sua cabeça, Benjamim era seu meio filho. Pensamento que o chicoteou em quietude desde que seu espermograma apontou esterilidade. Ele era um bom esposo. Fizera de tudo para que Menorah se recuperasse bem e se sentisse segura no difícil período de pós-parto pelo qual as mulheres passam. Não permitia que ela carregasse uma agulha sequer. Mas ele passaria dois meses inteiros sem ao menos tocar em Benjamim.

E Menorah percebera.

DEZ

Jerusalém, dias atuais

Após procuras frustradas na internet a respeito da IAF Laboratórios e da pesquisa incessante de Laila com seus professores na Universidade Hebraica, Benjamim acabou colhendo pouquíssimos dados. Constatou que a empresa havia fechado suas portas há mais de sete anos, o que, obviamente, dificultava e muito qualquer outra informação. Descobriu ainda que o laboratório funcionava em uma ala no interior do Hospital Ichilov, em Tel Aviv, até a data de sua falência, em outubro de 2006. O único jeito era conversar com sua mãe, o que ele havia jurado evitar. Antes, resolveu aproveitar que o sol estava ligeiramente mais ameno, já passava das 17 horas, e uma brisa fresca soprava por toda a cidade, pegou o seu boné preferido, do Slayer, banda norte-americana de thrash metal formada em 1981, na Califórnia, e saiu às ruas para uma caminhada sem muito destino, com o exame de seu pai apoiado sob as axilas. Ele precisava arejar a cabeça e pensar em alguma maneira de descobrir a verdade. Dúvidas e incontáveis perguntas alfinetaram a sua tranquilidade desde que colocara as mãos naquele maldito espermograma pela primeira vez.

Como ele nascera? Seria ele um filho adotivo, escolhido ainda bebê num orfanato qualquer? Quem eram seus verdadeiros pais?

As questões se acumulavam em sua cabeça sem resposta nem pista, como um tesouro enterrado e sem mapas. Para piorar a situação, naquele fatídico final de semana em que nada saíra como planejara, não fizera amor com sua namorada e, ao final do domingo, com sua cabeça ardendo em febre, apenas sua mãe retornara à casa alegando mais uma vez o divórcio. O argumento na ponta da língua, como sempre. Palavras vazias que Benjamim já ouvira em centenas de outras oportunidades.

– Desta vez é pra valer – lembrou, sem lhe dar algum crédito.

Tocar nesse assunto agora seria machucá-la demais. Ele a vira choramingando pelos cantos e sem disposição para reagir durante a semana. Sugeriu que ela se encontrasse com suas amigas, ideia que ela rejeitou de imediato.

– Que amigas, Benjamim? Eu lá tenho amigos? – respondeu de modo áspero e grosseiro.

E o pior é que desta vez sua mãe estava coberta de razão. Há tempos que Benjamim não via Menorah comentar sobre alguém durante o jantar, se encontrar ou mesmo conversar ao telefone com uma pessoa que pudesse representar uma ligeira intimidade. Essa é uma das coisas que o homem não deve fazer à medida que se torna adulto. Perder o contato com os amigos e deixar de criar novas amizades. A vida se torna muito pobre sem eles por perto.

Benjamim ganhou as ruelas de Jerusalém a passos tranquilos e uma aparência serena. Um meio sorriso se delineava em seu rosto e lhe dava duas pequenas covas na bochecha, ao lado da boca. Nas mãos, o inseparável espermograma de seu pai. Vez ou outra retirava o exame do envelope e lia o resultado novamente, na ingênua esperança de não encontrar aquelas duras palavras. Gostaria que tudo aquilo não passasse de um sonho ruim numa noite maldormida. Seguiu sua caminhada pela Avenida Nablus deixando para trás a Catedral de São Jorge, o Jardim da Tumba, local onde alguns devotos acreditam que Jesus fora sepultado, e a lanchonete Guevara, onde há poucas horas almoçara dois sanduíches de falafel, assim que terminara seu plantão na Rua Sultan Suleiman, a alguns passos de lá, durante o período da manhã. Segundos depois, o Portão de Damasco, que desemboca no quarteirão árabe da cidade velha, se agigantou diante de seus olhos e uma multidão se juntou a ele com o propósito de alcançar o Portão de Jaffa, entrada utilizada pelos judeus, afinal era sexta-feira, dia de *Shabat*.

Benjamim, que até então partira sem destino, deixou-se levar pelos devotos, apertou o ritmo e partiu na direção do Muro das Lamentações.

Agora sim, pensou! *Vou pedir a Deus que me dê uma luz*, acrescentou.

As ruelas da velha cidade, com suas infinitas esquinas e degraus, eram conquistadas pelos fiéis a cada minuto. Benjamim permanecia andando, olhos voltados para os pés para não tropeçar, com o coração palpitando mais forte. Imaginou que todos estavam tão ou mais emocionados do que ele.

É claro que sim, pensou. *Eles eram verdadeiros judeus.*

Assim que desceu uma escadaria enorme, de degraus largos e espaçados, viu à sua esquerda um enorme monumento de ouro protegido por vidros em um pequeno galpão a céu aberto, o candelabro de sete braços, um dos maiores e mais importantes símbolos do judaísmo. O sete é para os judeus o número da plenitude, da perfeição. O mais curioso de tudo isso é que o candelabro de sete braços é conhecido em hebraico por Menorah, nome de sua mãe, cristã de prática quase nula. *Vai entender este mundo*, pensou, aos risos, ao se lembrar disso. Foi então que o viu. O Muro das Lamentações, local sagrado para os judeus, se agigantou à sua frente assim que ele cruzou a segurança. Seus olhos se umedeceram e não se desgrudaram mais do único vestígio que ainda restava dos dois Templos Sagrados de Jerusalém. O Primeiro Templo, ou Templo de Salomão, foi construído no século X a.C., e derrubado pelos babilônios em 586 a.C. O Segundo Templo, entretanto, foi construído por Esdras e Neemias na época do Exílio da Babilônia, e voltou a ser destruído pelos romanos no ano 1970 da nossa era, durante a Grande Revolta Judaica. Desse modo, cada templo esteve erguido durante quatrocentos anos.

Um amplo campo de cimento se precipitou à frente de seus pés, se estendendo até o paredão divino, dividido em espaços distintos para homens e mulheres. Benjamim retirou o boné de sua cabeça e o guardou no bolso da calça. Apanhou um *Kipá*, pequeno chapéu circular utilizado para lembrar que Deus está guiando e protegendo as pessoas de fé, e o colocou sobre sua cabeça raspada. Desceu a rampa de acesso ao muro e seguiu, agora a passos leves e receosos, ao encontro das centenas de pessoas que oravam e cantavam as palavras do *Torá*. Aproximou-se ainda mais, serpenteando entre as pessoas, e seu coração foi abrandado por uma sensação de pura paz, sentimento que não o cumprimentou durante toda a semana. Colocou sua mão direita no Muro das Lamentações e, num súbito, sentiu a presença de uma força maior mergulhando sobre seu corpo, aquecendo-o quase que instantaneamente.

– Deus, me mostre um caminho, por favor! – suplicou tais palavras, num sussurro gaguejado e carregado de esperança.

Em seguida, rasgou um filete do envelope que segurava e escreveu a mesma frase que dissera segundos atrás, colocando o pequeno papel dobrado, com os olhos cerrados, num vão entre as pedras. Girou o corpo numa meia-volta e tomou o caminho da saída, no instante em que seu ombro resvalou nas costas de um sujeito com cabelos cacheados. O homem, que aparentava ter pouco mais de 30 anos de idade, se desequilibrou e ganhou o chão num rodopio engraçado.

— Me perdoe! — Benjamim se desculpou, tentando disfarçar o riso. Colocou o envelope no chão e ofereceu sua mão para ajudar a erguer o homem que, assim como ele, ria sem parar.

— Não se preocupe! Foi mais engraçado do que dolorido — disse, às gargalhadas.

Educado, o simpático homem se curvou, apanhou o envelope cinza que repousava à frente de seus pés e o entregou a Benjamim.

— Minha mãe trabalhou lá — disse, num súbito.

— O quê? — perguntou, estupefato.

— Na IAF Laboratórios, mas já faz muito tempo — respondeu. — A propósito, me chamo Allen. Muito prazer! — apresentou-se.

— Benjamim — ele disse, num murmúrio, olhos arredondados e brilhantes cravados no homem.

ONZE

Tel Aviv, 1994

Judith atendeu ao telefone com a voz rouca e entrecortada. Há pouco havia despertado de um sono pesado e sem sonhos e passado voando pelo chuveiro, quente e esfumaçante.

– Alô?
– Querida, preciso conversar com você!
– Daniel?
– Sim.
– Quer que eu passe aí? – ela perguntou, após uma longa e pausada bocejada.
– Não. Vamos jantar no *Lulu Kitchen & Bar*?
– Está bem. A que horas?
– Oito e meia? – Daniel Lebzinski sugeriu, num tom sério.
– Às nove? Eu costumo demorar, não se esqueça disso – Judith disse, aos risos.
– Combinado. – Mais risos.

O restaurante se localizava no segundo quarteirão da Rua Shalom Shabazi, entrada do bairro onde morava, o que lhe dava tempo suficiente para uma breve sonequinha. Aquela não havia sido uma semana fácil para Daniel, fora ao banco várias vezes, visitara algumas escolas infantis, além das compras no mercado Kibutz, que se apresentava na esquina de casa. As dores no peito persistiam e suas confusões mentais e os pequenos esquecimentos haviam aumentado, em frequência e ocorrência.

Esquecera, por exemplo, de levar a carteira ao sair de casa para o Kibutz. Na ocasião, anotara o valor e pagara dias depois quando retornou ao mercado para comprar tâmaras, fruta de que mais gostava. Nesse mesmo dia, no período da tarde, ao se reunir com o professor Amnom, diretor do Instituto de Ensino Saadyah, na antiga cidade de Jaffa, percebeu que havia calçado um sapato preto no pé esquerdo e um marrom no direito apenas quando seguia pela Rua Nahum Goldman, que ligava Jaffa a Tel Aviv, a caminho de casa.

O que está acontecendo comigo?, perguntou a si mesmo, num pensamento triste que o atacou como uma flechada no coração, enquanto seus passos se tornavam cada vez mais vacilantes. O doador de sêmen acordou do cochilo aos pulos imaginando estar atrasado. Detestava deixar as pessoas o esperando, um minuto que fosse. Respirou aliviado ao verificar que ainda tinha tempo para uma rápida chuveirada. Alegrou-se com a sorte e entrou no banho com vagareza. Gostava da água morna, quase fria. Sorria ao ver sua pele retesada e dominada pela sensação de arrepio. Sentia-se forte como um animal selvagem, pronto para o combate. Deixou sua casa faltando dez minutos para as 21 horas, vestido num terno azul-marinho, camisa branca e gravata roxa. Os cabelos de Daniel se mostravam penteados para trás com auxílio de gel, que os mantinha com aspecto molhado e limpo, e o rejuvenescia em pelo menos uns cinco anos.

Os passos eram leves e silenciosos. A noite estava agradável para caminhar, o vento fresco que soprava pelas ruelas de Neve Tzedek não deixava o calor tão extenuante. O céu permanecia salpicado por estrelas e a lua, gigante e prateada, descansava com enorme tranquilidade. Assim que dobrou a esquina e avançou pela Rua Shalom Shabazi, a mais movimentada do bairro, observou Judith o aguardando na porta do restaurante. Ela se achava num vestido vermelho, sapatos brancos e altos, uma pequena bolsa preta pendia de seu antebraço. Uma echarpe de cashmere, da cor do vestido, cobria-lhe os ombros, lisos e carnudos, exatamente como ele gostava. Daniel fitou de relance os ponteiros do relógio e arfou com suavidade ao se certificar de que estava dentro do horário previsto. A bela Judith sorriu ao vê-lo, logo após checar a maquiagem num minúsculo espelho, presente de Daniel anos atrás, e guardá-lo na bolsa.

O doador de sêmen apertou o passo e se dirigiu até a amada, entregando-se a um abraço apertado e um beijo estalado na testa. Seus olhos se cruzaram e deram origem a um sorriso sem palavras, e, de mãos dadas, entraram porta adentro.

— Mesa para dois? – uma jovem simpática, de olhos verdes, vestida num uniforme branco, perguntou num tom baixo.

— Isso – ele respondeu. A voz soou calma e serena.

— Pode ser aqui? – a garçonete os ofereceu a última mesa do amplo salão, inclinando o olhar na direção de Judith.

— Sim – ela respondeu e se sentou logo em seguida.

Ele correu os olhos pelo interior do restaurante, satisfeito, um sorriso delineado nos lábios. As mesas se apresentavam todas à meia-luz. Ao fundo, um rapaz alto e magricela, vestido num smoking preto, tocava piano com extrema concentração. A música parecia acariciar os ouvidos da clientela. À sua esquerda, uma janela retangular se mostrava escancarada, de onde se via casais passeando, braços dados e olhares apaixonados. Daniel pediu uma garrafa de *Yatir Forest*, delicioso vinho tinto produzido em Israel, a partir de uvas Cabernet Sauvignon, primeiro colocado em recentes competições mundiais. Para comer, um risoto de alcachofras com nozes, amêndoas e manjericão. Judith escolheu um prato de capeletti ao sugo e salada de alface, tomate, queijo parmesão, melão e tâmaras.

— O que nos trouxe aqui? – ela perguntou.

Seus olhos estreitos já começavam a demonstrar preocupação com a conta, que não deveria ficar menos do que $200 *shekels*, cerca de $70 dólares americanos. Ela que sempre vira o amado viver seus dias mergulhado numa humildade que beirava a pobreza.

— Faz tempo que não a levo para jantar. Estava com saudades!

— Vamos, Daniel. Desembucha! – Judith reagiu, com o cenho desconfiado, as sobrancelhas sobressaltadas.

— Esses últimos meses eu ando esquecido e muito confuso – começou ele. Uma pequena pausa para refletir, olhos mirando o prato. Precisava encontrar as palavras exatas. – Se algo acontecer comigo, gostaria que ficasse com o que é meu e cuidasse dos meus negócios – completou.

— Obrigada, mas a que negócios você se refere? – inquiriu, demonstrando um ar de desentendimento.

— Você vai saber. Não agora, mas na hora certa! Há um envelope amarelo na última gaveta de minha cama contendo todas as explicações, documentos necessários e um cartão de banco. Quero que você assuma tudo – ele disse com a voz incisiva.

– Se isso for te deixar tranquilo, eu aceito – aquiesceu, no exato momento em que a comida chegava à mesa.

O silêncio imperou por longos minutos. Apenas o som do piano podia ser detectado. O jantar estava divino! Judith colocou sua mão sobre o braço do amado assim que se sentiu satisfeita. O doador de sêmen pagou a conta em dinheiro e os dois seguiram na direção da saída. Seus olhos pareciam saltados, assustados, permaneciam sem piscar, como se pertencessem a um boneco japonês. Judith o encarava com incerteza e dúvida.

O que será que está se passando com ele?, se perguntou, braços cruzados com Daniel. Ela o conduzia.

– Boa noite! – disse a garçonete, após um largo sorriso.

– Boa noite – Daniel respondeu, de maneira imediata. – Mesa para dois – disse a ela e se colocou na porta de entrada.

Judith deixou escapar uma gargalhada forçada, mas seus olhos não acenavam junto ao disfarce que tentou vender à moça. A garçonete caiu num riso, o olhar meio sem graça.

– Ele é um brincalhão – disse Judith. – Até logo – finalizou.

– Estou com fome, não é brincadeira – o doador de sêmen balbuciou. Seus olhos se achavam arregalados e focavam o vazio.

– Vamos embora, aqui é muito caro! – Judith exclamou, num sussurro, conduzindo-o à força para fora do restaurante. Sorriu mais uma vez para a garçonete na tentativa de encobrir aquele triste fato de final de noite. Um novo sinal.

– Quer que eu te leve até a sua casa? – ele se ofereceu, educadamente, como sempre fizera.

O medo de ele se perder fez Judith assumir o risco de caminhar sozinha pelo calçadão da praia até o edifício onde morava, na escura madrugada que já havia se iniciado fazia alguns minutos. Daniel subiu ao pequeno apartamento e despediu-se de Judith com um selinho. Seus lábios se encontraram levemente, como numa cócega. Os olhos da amada se apresentavam brilhantes e molhados, como se fossem feitos de vidro, e o doador de sêmen não entendeu a razão.

— Até a próxima! Obrigada pela noite agradável – ela disse em tom de despedida. Sua voz aparentava tristeza e preocupação. Sabia que algo não estava bem, muito longe disso.

— Sou eu quem deve ficar grato, minha querida Ju... – A sílaba morreu no meio, como o motor de um carro que se apaga por falta de combustível ou pelo arriar da bateria, à espera do restante da palavra que concluiria o nome da amada. Nada veio à sua mente, escura e fria, como se mergulhada no abismo.

— Dith – ela completou, num tom tão baixo que seus próprios ouvidos mal foram capazes de captar. Em seguida, Judith ganhou as ruas e seguiu a passos apertados pela Avenida Rehov Kaufman, com o cenho tenso e deprimido, e lágrimas transbordando de seus olhos vermelhos e borrados.

DOZE

Jerusalém, 1994

Os talheres cintilavam nos pratos de porcelana ao final do desjejum noturno, de poucas palavras, na sala de jantar. Fazia muito calor, mesmo com o vento fresco e forte que provocou tremores nas janelas da cozinha, desde o início do anoitecer. Por isso, Elad, especialista em saladas e comidas mais leves, preparou um cardápio recheado com folhas verdes, nozes, frutas e massas frias. O prato principal trazia ravioli de espinafre, acompanhado por agrião, folhas de mostarda e tâmaras. O molho era servido à parte e fresco, quase frio, preparado desde a manhã do dia anterior, com romã, mel, queijo e iogurte natural. Sobre a mesa, ainda se apresentava uma travessa com maionese de legumes e uma pequena tigela com tomates vermelhos, cortados em cubos e mergulhados no homus. O doce ficou por conta de Menorah, torta de ameixa com sorvete de baunilha. O pequeno Benjamim já havia comido e agora dormia em seu berço, na forma de um carro de corrida, em seu quarto à meia-luz.

— Querido, o jantar está ótimo, mas você não me parece bem. O que houve? — Menorah perguntou, se arriscando a quebrar o silêncio.

— Você tem razão, meu amor. Eu não estou nada bem — ele disse, de imediato. A voz parecia tensa e sufocada.

— É alguma coisa no trabalho? — arriscou. Sabia que o esposo não tinha o emprego dos sonhos. Financeiramente era mais do que realizado, mas exercer a função de Ministro da Defesa em Israel não lhe garantia dias muito tranquilos.

— Não. Na verdade, diz respeito ao menino.

— Benjamim?

— Sim.

— O que é? — Menorah ergueu as sobrancelhas e aumentou o volume de sua voz, antes baixa e tenra.

– A cada dia que passa me sinto menos pai dele. Eu observo Benjamim se desenvolver e dentro de mim cresce a sensação de que aquele filho da puta que nos doou o sêmen vai aparecer a qualquer momento, bater na porta de casa e reivindicá-lo, alegando ser o verdadeiro pai do nosso menino, e eu nada poderei fazer.

– Cale a boca, Elad. Pare de se torturar. Benjamim é o nosso filho e nós vamos cuidar dele juntos, você e eu – Menorah retrucou, apontando com o dedo indicador na direção do marido e depois para si. Em seguida, apanhou uma tâmara e a lançou entre os dentes.

– Mas não é só isso – Elad insistiu.

– O que é agora, meu amor? – ela perguntou, ainda com a boca cheia e sem demonstrar a mesma paciência do início da conversa.

Menorah tinha o hábito de mastigar quando se achava nervosa. Se nenhum alimento estivesse ao seu alcance, um pedaço de plástico ou um botão de camisa eram mais do que suficientes. Desta vez, as tâmaras a salvaram, uma seguida da outra.

– Quando olho para Benjamim e vejo seu nariz protuberante e os cabelos ralos e encaracolados, enxergo um judeu, e isso está me matando. O que meus amigos irão pensar de mim quando ele estiver grande e não se parecer em nada comigo?

– Pegue as suas coisas e vá embora desta casa agora, seu monstro preconceituoso. Vá embora! – Menorah gritou tão alto que as janelas da cozinha voltaram a trepidar, sem que o vento tivesse culpa, como outrora.

– Meu amor, me perdoe! – Elad tentou se desculpar.

– Vá embora! Agora! – ela bradou novamente, de maneira firme e irreversível.

No andar de cima, um ruído fino e longo se fez presente e o choro do filho a inquietou ainda mais, naquela noite que pareceu não terminar. Teve fim quinze dias depois quando Menorah aceitou o marido de volta. Mesmo assim, Elad ainda não reunia coragem para tocar o filho.

TREZE

Jerusalém, dias atuais

— Embora? Como assim, vai embora? — Benjamim perguntou a Laila, carregando um semblante assustado.

— Há algum tempo não tenho me sentido feliz ao seu lado. Estou confusa e eu gosto tanto de você que não seria justo continuar assim. Desde aquela noite em que nada deu certo, você só fala de seu pai. Está obcecado por isso, o que, de certa forma, me fez olhar para dentro de mim e perceber o que eu quero neste momento. Estou pensando em ir morar um período com minha tia Eliora, em Tel Aviv. Parece que o *Sheba Medical Center*, em Tel Hashomer, abriu inscrições de estágio para estudantes do curso de enfermagem. Vou me candidatar a uma das vagas — Laila tentou se explicar, a voz saía entrecortada e suas mãos frias não paravam de tremer, como se estivessem expostas ao frio do inverno.

— Eu não compreendo! Semanas atrás estávamos em casa prontos para transar pela primeira vez e agora quer terminar comigo e ir para Tel Aviv?

— Sinto-me confusa porque achei que você estava sentindo o mesmo em relação a mim quando me ligou dizendo que queria conversar comigo.

— Você achou que eu queria terminar com você? Nunca cogitei isso. Eu te amo, Laila.

— Então, o que é? — ela perguntou de maneira curiosa, se esquivando de Benjamim no momento em que suas mãos a procuraram.

— Perdi totalmente a vontade de te contar. Você não quer mais ser minha namorada!

Nesse instante, um silêncio perturbador se fez presente na mesa do restaurante vegano *Green Garden*, situado na famosa e badalada Rua Jaffa. O dia em que provaram o primeiro beijo veio à mente de Benjamim, como o sol despertando na escuridão. Era segunda-feira, fazia um calor dos infernos e os dois voltavam da escola a passos tranquilos, com os livros apoiados nos braços. Laila, com a mão livre, empurrou num solavanco o material de Benjamim, que se espatifou no chão quente da Avenida Nablus. Ao se recompor do susto, o jovem, que trazia em seus lábios um sorriso de alegria e satisfação, correu atrás de Laila, que tentava fugir a todo custo numa corrida desengonçada. Num gesto de rendição, ela jogou seus livros em direção ao chão e ergueu os braços como se estivesse diante de uma revista policial ou do exército, não tão incomum nas cercanias do Portão de Damasco, uma das infinitas entradas da Cidade Velha. Benjamim aproximou-se da moça. Ela apoiava as costas no muro de trás do colégio, que dava acesso a uma ruela estreita seguindo na direção do Jardim da Tumba. Não havia ninguém por perto, tampouco a iminência de aparecer alguma vivalma. Laila olhou de esguelha e baixou a cabeça e os braços logo em seguida.

— Nossos livros estão no chão — ela sussurrou para não parecer indefesa e entregue.

— Não estou nem aí pra eles — retrucou Benjamim, olhar fixo no rosto delicado da jovem.

— Então está aí com o quê? – perguntou Laila, a cabeça fitava o chão.

Uma rajada de vento fresco acariciou o rosto de Benjamim e levou a dançar os cabelos soltos e compridos da moça, descobrindo seus olhos, que agora o encaravam numa súplica ardente de desejo. Ele nem se importou em deixar a pergunta dela sem resposta. Seus lábios tocaram a boca doce e molhada de Laila de maneira delicada, como numa cócega. As línguas se encontraram e se entrelaçaram com fome, roubando-lhes o fôlego, como num acesso de asma.

— Vamos perder nossos livros — ela disse, desvencilhando-se de seus braços e correndo de volta à avenida.

— Benjamim? Acorde! — a voz de Laila colocou fim aos seus constantes devaneios.

— Perdoe-me! Estava me recordando de quando nos beijamos no muro da escola.

— Somos amigos, Benjamim. Você pode me contar tudo o que quiser.

— Sim, claro.

— Diga-me por que me chamou — ela insistiu. — Por favor!

— Eu encontrei uma pessoa no Muro das Lamentações que conhece a IAF Laboratórios. Na verdade, a mãe dele trabalhou lá faz mais ou menos quinze anos. Ele me passou seus contatos e nós combinamos de nos encontrarmos na próxima semana. Não vou sossegar enquanto não descobrir a verdade – disse Benjamim, olhos marejados mirando o sanduíche esfriar no prato à sua frente.

— Que ótimo! Mantenha-me a par das coisas, ok?

— Não sei – ele titubeou, com a voz entristecida.

— Nós não vamos deixar de nos falar. Você vai ver! – Laila sentenciou, colocando sua mão entre os dedos do ex-namorado.

Ele a fitou em silêncio, como se duvidasse do que acabara de ouvir. Sabia que teria dificuldades para encontrá-la e principalmente para acertar as coisas com ela.

Sentiria muito a sua falta e nunca perderia a fé e a esperança de voltar a ser seu namorado.

Na prática, ele sabia que não aconteceria da maneira como ela havia acabado de dizer. Talvez ela acreditasse mesmo que eles não perderiam contato. Mas, depois daquele encontro, Benjamim ficaria mais de um ano sem ouvir a voz de Laila, sequer ao telefone.

QUATORZE

Tel Aviv, 1994

Judith deixou-se cair na cama, mas seus olhos permaneceram mais abertos do que o céu israelense em uma tarde de verão. Ela não foi capaz de fechá-los, estava muito inquieta. Sua mente viajava pelas estradas do pensamento com a velocidade de um carro de corrida, o rosto tremia e se contraía compulsivamente até se desfazer numa enxurrada de lágrimas soluçantes.

— Deus, o meu Daniel está precisando muito do Senhor — sussurrou, numa oração febril.

No instante seguinte, uma luz se acendeu no corredor, do lado de fora de seu quarto, e um filete amarelo brilhante e tremeluzente penetrou pelo vão entre a porta e o piso e atingiu a parede de frente para seu rosto marejado. Ela se colocou em silêncio e aguardou, olhos atentos e inclinados naquela direção. Segurou o choro e a respiração com enorme dificuldade. Se pudesse, caso tivesse poderes, faria seu machucado coração parar de bater por um momento, evitando seus golpes saltitantes, acelerados e barulhentos. Diante daquele forçado e mórbido instante de inação, seus ouvidos captaram o som de passos pesados se aproximando da porta, pouco antes de três toques mansos tocarem a madeira, que a separava do tão sofrido mundo real.

— Mãe, você está bem? — Allen perguntou do outro lado.

— Sim — uma voz nasalada e rouca escapou de supetão.

— Vou abrir a porta — ele disse, girando a maçaneta.

Judith não proferiu palavra alguma como resposta. Não teve coragem de pedir ao filho que a deixasse sozinha e se preparou para um turbilhão de perguntas e indagações, arfando de modo vacilante, mas com o cuidado de não fabricar ruídos. Desejou ardentemente que o filho traduzisse aquela ausência de palavras em uma negação, como se ela estivesse vestida dentro de um sono pesado e profundo. Allen se projetou para dentro do quarto junto com a onda luminosa que o pintou de amarelo numa fração de segundos. Ao fundo, as cortinas impecavelmente lavadas dançavam aos tímidos lampejos do vento, que atravessavam os vãos da janela. A cama ficava de frente para a vidraça, um armário de madeira escuro podia ser visto ao lado direito e uma penteadeira completava a mobília simples e humilde do recanto de Judith. Nas mãos do jovem, uma xícara esfumaçante e uma torrada com queijo se apresentavam por sobre um prato de porcelana azulado. Judith Stelar retribuiu o cuidado caridoso do filho sorrindo num gesto de admiração e carinho e seu choro foi interrompido, como num passe de mágica.

— Você chegou com os olhos distantes e entristecidos esta noite. Eu estava na sala, com a luz apagada, aguardando o horário de um filme que quero muito assistir. Resolvi preparar um chá pra você – destacou, estendendo o braço na direção do colo da mãe, que agora se achava sentada e com as costas apoiadas na cabeceira da cama, cuja pintura na cor de madeira combinava com o restante dos móveis.

— Obrigada, meu lindo!

— Beba quente! Vai te fazer bem – orientou Allen. – Se você quiser me contar o que te deixou assim, pode me chamar. Estarei pronto – completou.

— Está bem – ela disse, observando o filho lhe dar as costas e se dirigir até a porta. Ele havia crescido ainda mais naquelas últimas semanas. Seus braços, fortes e torneados, mal cabiam nas mangas da camiseta.

Meu filho está lindo, pensou, num rompante, e desejou que ele ficasse por pelo menos mais um minuto com ela, que se sentasse na cama para ouvir histórias como costumava fazer anos atrás. Lembrou-se de seu aniversário de oito anos, quando teve condições e a ousadia de preparar uma festa em casa e chamar todos os seus amigos do colégio. Na ocasião, montou em seu próprio quarto uma caverna, cercada de folhas verdes, troncos falsos de árvores e um tapete macio em forma de gramado, que criaram um ambiente perfeito para brincadeiras, jogos e leituras. Allen vibrou quando descobriu e pediu a ela se podia dormir ali aquela noite. Ela nunca se sentiu tão feliz e completa ao proporcionar aquele momento ao seu menino.

O ronronar da porta interrompeu seus devaneios e ela voltou seus olhos na direção do filho, que já desaparecia na penumbra.

— Que... — Judith balbuciou.

— Como disse? — Seu filho virou o rosto e inclinou o olhar para encarar a mãe.

Pensou um instante antes de responder. Precisava escolher bem as palavras. Em seu doce coração, nas profundezas de seu mais íntimo ser, um segredo pulsava e a arranhava, machucando-a como uma ferida aberta.

Sabia que esta era a hora perfeita para lhe contar sobre Daniel.

O Senhor Lebzinski é seu... ensaiou em silêncio, engasgando nas próprias palavras.

A sua falta de coragem foi mais forte que o pensamento que sangrou em sua mente e nem um grunhido foi capaz de atravessar sua garganta. Se arrependeria logo em seguida, mergulhando nos rios da angústia.

— Mãe, está tudo bem?

— Sim, meu filho. Que filme você vai assistir? — perguntou, fingindo um sorriso.

— *De volta para o futuro*. Um clássico dos anos 1980, estrelado por Michael J. Fox, aquele que descobriu o *Mal de Parkinson* cerca de três anos atrás — respondeu, a voz engasgada entre os dentes.

— Nossa! Que triste! O filme fala sobre o quê?

— Um jovem viaja acidentalmente para o passado dentro de um Deloren e tenta fazer com que seus pais fiquem juntos no baile de formatura, o que garantiria a existência de sua família e o seu retorno ao futuro com segurança — explicou Allen.

— Parece interessante — disse.

— Quer assistir comigo?

— Não, obrigada! Vou tomar meu chá e dormir.

— Coma a torrada também.

Ela apenas assentiu com um aceno de cabeça, e um sorriso tranquilo e discreto se desenhou em seu rosto. A porta do quarto se fechou, devolvendo a escuridão a Judith.

Não seria má ideia voltar no tempo, pensou. *Teria contado ao amado sobre a gravidez antes que ele partisse para Veneza. Evitaria um bocado de sofrimento*, completou.

Decidiu que convidaria Daniel para almoçar em sua casa na manhã seguinte, assim ele passaria mais tempo na companhia de Allen.

Quem sabe eles não descobrem sozinhos, como nos filmes, imaginou, satisfeita, antes de cerrar os olhos e se encontrar com o sono profundo.

O fato é que, mais cedo ou mais tarde, eles teriam que saber. Era necessário, justo. Ela compreendia isso. O doador de sêmen ficaria um tempo razoável sem um episódio importante de ausência de memória, o que motivou Judith a se manter calada, adiando a notícia e maquiando, na verdade, a sua falta de estrutura e coragem.

A primeira coisa que fez ao se levantar quando o sol já pintava as paredes do quarto com as cores do amanhecer foi apanhar o telefone e discar o número de Daniel a fim de convidá-lo para almoçar em sua casa. Não desistiu facilmente quando o toque soou e não encontrou ninguém. Repetiu a ação por mais algumas vezes durante toda a manhã, mas sem sucesso. Sua preocupação a perturbou não a ponto de sair de casa e seguir ao encontro do amado, apenas no gesto de unir as mãos e orar. Pedir aos céus que o guardasse. Não adiantava preparar uma porção a mais de comida, ele não viria almoçar.

QUINZE

Tel Aviv, naquela mesma manhã

O doador de sêmen correu os olhos pela gaveta do banheiro e não encontrou o que procurava. Sua cabeça latejava numa dor que beirava o insuportável e uma sensação de náusea e mal-estar o acordou muito cedo. Decidiu sair às ruas e comprar um comprimido para enxaquecas, um dos vilões de sua saúde. Daniel sofria de dores fortes de cabeça desde garoto, quando descobriu ter sinusite e rinite. Volta e meia caía na cama, enjoado e com a mente a explodir. Às vezes, até desejava que ela estourasse, assim seu corpo se encontraria novamente com a paz. Vestiu a primeira calça que avistou, de linho marrom, jogada por sobre a cadeira do quarto, disposta em frente ao armário, de onde apanhou uma camisa polo branca. Deixou o prédio cambaleando, quase sem equilíbrio, e se dirigiu aos trancos e barrancos até a farmácia, três esquinas para a frente, localizada na Avenida Rehov Hamered, junto à Praça Tomer Square, alinhada com a orla da praia. Engoliu duas cápsulas em seco enquanto se dirigia ao caixa, onde se formava uma pequena fila.

– Não é possível! Será que estão todos com enxaqueca? – resmungou baixo, num súbito de impaciência.

Após o pagamento, aproveitou que estava melhorando e, sentindo-se revigorado, pensou em algo para distraí-lo naquela manhã que se anunciava com sol forte e céu azulado. Seus pés o levaram à sorveteria Anita, na esquina da Rua Shalom Shabazi com a Pines, uma estreita e charmosa ruela, local que frequentou durante toda a adolescência. Enquanto jovem, chegou a paquerar Ayala Beylah, filha de Anita Beylah, dona do estabelecimento. O namoro foi interrompido por um trágico acidente que levou a bela Ayala ao mundo dos mortos e Anita a passar o ponto. Mesmo com nova direção há anos, o novo dono nunca se importou em mudar o nome da sorveteria, mantendo inclusive a qualidade e a variedade dos produtos, como outrora Anita fizera.

Assim que Daniel abriu a porta e um pequeno sino tocou informando ao atendente a chegada de mais um cliente, o forte ar-condicionado o encontrou, como numa ventania em alto-mar, aliviando o calor e o suor de seu corpo. Seus olhos descobriram uma saleta acanhada com meia dúzia de mesas, exatamente como tantos anos atrás. Ele sorriu e se debruçou por sobre o balcão, e seus olhos se prenderam à vitrine, que oferecia incontáveis sabores. Pediu duas bolas de pistache na casquinha e sentou-se em uma mesa, de onde podia avistar a rua pela vidraça. Lembrou-se de sua madrinha Leeta Lebzinski com enorme carinho e sorriu com alegria. Uma simpática morena de cabelos curtos, olhos verdes e corpo escultural, que seguia o preceito de que comer algo gostoso herda junto ao sabor as respostas para as mais complexas indagações. Entre uma colherada e outra, olhou de esguelha na direção da rua à sua frente e uma casa de viagens e turismo chamou a sua atenção.

Não acredito que vou fazer isso, pensou, ganhando a calçada a passos apertados.

Comprou um passeio com destino ao Mar Morto e ao Deserto da Judeia. Fazia mais de dez anos que não os visitava. *Já estava mais do que na hora*, completou o raciocínio. Seria perfeito para entretê-lo, para colocar seus pensamentos em ordem e esquecer um pouco de seus recentes problemas.

O guia Moisés Waismann fora avisado de que Daniel vinha tendo apagões de memória com certa frequência e disse que redobraria sua atenção sobre ele. Anotara, inclusive, o endereço de sua residência caso algo inesperado viesse a ocorrer.

O doador de sêmen ainda tinha bastante tempo. Voltou para casa a passos desacelerados e com um sorriso tatuado nos lábios. Havia muito tempo que não se sentia assim, livre, despreocupado e feliz. Separou uma roupa confortável e adequada ao dia de calor escaldante que enfrentaria, entrou no banho morno e deixou que as gotas de água massageassem sua nuca, antes de começar a se ensaboar. O telefone soou alto e estridente, mas não havia como deixar o banheiro daquela maneira, molhado e com shampoo nos cabelos. Seria muito arriscado e era melhor não abusar da sorte, que hoje sorria em sua direção.

Sinto muito, pensou, caindo no riso.

Estava feliz, estranhamente disposto e contente, a ponto até de arriscar uma cantarolada debaixo do chuveiro. Na noite anterior, apesar do surto de escuridão pelo qual sua memória atravessara, havia levado Judith para jantar depois de muito tempo, e isso o deixara realmente muito jubiloso. Secou-se de maneira rápida enquanto o telefone gritava pela segunda vez.

– Que diabos – esbaforiu, num sopro.

Vestiu-se calmamente, sandálias de pano, bermuda xadrez e camiseta branca sem mangas. Um chapéu preto protegeria sua cabeça do calor de mais de 40°C, que castigaria a região. Nada seria interpretado como um problema, pelo menos neste dia!

Num súbito, pensou em Judith e em Allen. Como ficaria feliz em proporcionar tal passeio a eles. *Quem sabe em outra oportunidade*, refletiu, com entusiasmo.

Aquele sábado era só dele e para ele.

Fechou a porta, trancou-a e guardou as chaves cuidadosamente no bolso de trás da bermuda. Ouviu o telefone soar pela terceira vez. Enquanto Daniel descia as escadarias que davam acesso ao *hall* de entrada do edifício, seus olhos já enxergavam a sombra da rua através do vidro da portaria. Parou por um instante e, num puro instinto, imaginou se voltaria ao apartamento a tempo de atender ao insistente chamado. Percebeu que não conseguiria, deu de ombros e ganhou o mundo do lado de fora do imóvel com um longo e tenro sorriso. Seguiu de ônibus, a uma temperatura agradável, até os principais hotéis da região para apanhar os turistas que o acompanhariam durante o passeio. Ele era o único israelense do grupo. Após passar pelo *Meridian*, *Leonardo Tel Aviv* e *Park Plaza Orchid*, e lotar os bancos do veículo com quatro brasileiros, três argentinos e dois suíços, o ônibus atravessou a Via Ganei Yeoshua rumo à estrada número 1, que desembocava no coração da Judeia.

Um cenário desértico, repleto de montanhas de areia e pedra, que o remeteu aos tempos do Antigo Testamento e do *Torá*, se agigantou diante de seus olhos. Alguns espaçados acampamentos de beduínos e povos nômades podiam ser vistos através das janelas ao lado direito do veículo, serpenteando por entre os vales pintados na cor de ferrugem. À esquerda, uma extensa sequência de tamareiras se precipitava à frente do Mar Morto, que brilhava como se fosse uma enorme placa de alumínio ou um espelho azulado, margeado pelas paredes de Jericó. Mais atrás, quase numa miragem comum no deserto, a Jordânia dava sinal de vida e lhe arrancava suspiros. Uma gota de lágrima escapou de seus olhos vermelhos e marejados e percorreu toda a sua face, vibrante e feliz. O ônibus passou pelo Vale de Qumran, região onde viveram os Essênios, dentre eles, João Batista, primo de Jesus. Conta-se que, em abril de 1947, um pastor beduíno chamado Juma Muhamed recolhia seu rebanho quando uma ovelha desgarrada se perdeu entre as montanhas. Ao segui-la, percebeu que havia uma extensa fenda entre duas rochas. Curioso, atirou uma pedra e ouviu o ruído de algo se quebrando. Correu até lá e encontrou no vaso espatifado e em tantos outros espalhados por mais de 11 cavernas o maior tesouro da arqueologia moderna, os *Manuscritos do Mar Morto*. Alguns metros adiante, o ônibus parou num amplo estacionamento de asfalto e desligou os motores numa espécie de bocejo. Daniel saltou do veículo com o auxílio do guia Moisés e se emocionou ao sentir o vento fresco acariciar seu rosto. Cerrou os olhos por um instante, inspirou o ar, como se cheirasse uma comida gostosa, e expirou em seguida, erguendo as pálpebras. Caminhou lentamente na direção das escadarias de madeira que conduziam à praia. Os vestuários se apresentavam à beira da montanha, que separava os visitantes da estrada. Entre os degraus, uma charmosa lanchonete e uma loja com artigos do local, camisetas, bonés, chaveiros e chinelos, chegavam a mergulhar por sobre os turistas.

O doador de sêmen retirou as sandálias, colocando-as entre os dedos da mão assim que seus pés tocaram a areia fofa e febril. Pediu com gentileza que o guia cuidasse de seus pertences, fazendo um montinho ao lado de Moisés, que descansava sob a sombra de um arbusto. Varreu a praia com os olhos e descobriu ao fundo uma parede de altas montanhas a se perder de vista. Entre ele e a cordilheira, o mar mais salgado e azulado do planeta lhe dava as boas-vindas. Daniel caminhou a passos cautelosos na direção da beira. Seu coração se apresentava saltitante e sua respiração falhava. Seus olhos piscaram fortes como se não acreditassem no que viam. Parecia a primeira vez que estava ali. Sorriu quando a água engoliu seus pés de maneira suave e gentil. Uma sensação oleosa afagou suas pernas e, como se mergulhasse numa piscina de azeite de oliva, lançou o corpo nas águas. Havia muita gente ao seu redor e ele precisou se esquivar até encontrar um buraco para se deslocar e se distanciar da multidão.

Avistou os quatro brasileiros que pertenciam ao seu grupo de passeio e lhes cumprimentou com um tímido aceno. Eles estavam untando o corpo com barro e pareciam se transformar no incrível *Hulk*, personagem de quadrinhos que costumava ler quando jovem. Ele sempre ouviu boatos de que faz bem para a pele massageá-la com as areias do fundo do Mar Morto.

Vai saber se é verdade, pensou, incrédulo. *Já estou velho demais para tentar algo assim*, completou o devaneio, enquanto boiava sem nenhum esforço e mirava sem compromisso as pequenas nuvens que passavam pelo céu limpo e cristalino daquela manhã e desapareciam de sua vista logo em seguida.

Ao contrário de seus planos iniciais, não conseguiu refletir sobre os problemas de memória que o acometeram recentemente. Encontrava-se muito feliz para poluir a mente com tristezas. Permaneceu assim até o cair da noite e se deitou, com o corpo exausto, entregando-se a um sono leve e tranquilo, como há muito não experimentava.

DEZESSEIS

Jerusalém, dias atuais

Benjamim acordou cedo, por volta das 7h30 da manhã, vindo de um sono leve e de poucos sonhos, naquele domingo ensolarado. Era final de setembro, o ar já se tornara mais fresco, mas a época das chuvas ainda não havia chegado. O céu estava pintado em azul-turquesa e as nuvens não se mostravam presentes. O jovem desceu as escadarias de casa e não encontrou uma alma viva. Um ruído estalado chamou sua atenção e levou seus olhos na direção da cozinha. Ele se deslocou até lá numa caminhada preguiçosa como se seus passos fossem a extensão de um largo bocejo. Encontrou a mesa posta no centro do cômodo, mas não havia sinal de sua mãe. Um ambiente amplo, retangular e bem planejado despontou em seus olhos entreabertos. À direita da porta, um imenso armário pintado na cor creme guardava talheres, pratos e panelas. Em seguida, podia-se ver uma enorme geladeira ao lado do fogão de seis bocas. A pia ficava em frente à entrada, cercada de grandes janelas, de onde se via boa parte do jardim, localizado atrás da casa. Uma porta colada a ela levava até o quintal. À esquerda, a área de serviço surgia atrás de uma divisória de vidro e preenchia a mobília.

A fome o apunhalou tão forte que um hiato se delineou em sua mente e adiou por alguns bons minutos a procura por sua mãe, e ele se viu sentado no momento seguinte. Uma cesta repleta de pães saltou à frente de sua visão e alguma umidade lhe veio à boca. Ovos cozidos, geleia de ameixa, tâmaras, melancia cortada em pequenos cubos, bolo de milho e iogurte completavam a decoração do café. Benjamim avançou na comida como se fosse um lobo no inverno e encontrasse uma carcaça. Estava mais que faminto!

Engraçado como o tamanho da fome se traduz muito mais ao colocar algo no estômago do que no estado de jejum, pensou num súbito.

Um tilintar de ferros pôde ser ouvido novamente e parecia ter vindo do jardim, às suas costas, fazendo-o erguer e girar a cabeça, antes mergulhada nos alimentos.

A porta de vidro fosco que separava a cozinha do quintal estava tomada pela luz do sol e não permitia que os olhos do jovem enxergassem nada além de um borrão. Ele se levantou num movimento brusco arrastando a cadeira para trás, que gritou forte durante o atrito dos pés com o chão, deixando um grande risco no piso branco e brilhante.

– Que merda! – deixou escapar em voz baixa, ao estudar o estrago.

Benjamim ainda mastigava o pedaço de bolo, os olhos curtiam semicerrados o sabor doce, macio e aveludado que auferia sua boca, diminuindo sua concentração, quando empurrou a porta com suavidade e se deparou com sua mãe debruçada sob uma oliveira, mais antiga que toda sua família junta, cavoucando na terra escura. O quintal era dividido em dois, ideia do metódico Elad, que adorava organização. À esquerda, uma mesa de vidro circular, quatro cadeiras e um banco de praça se acomodavam sobre um imenso gramado, onde Benjamim passou boa parte da infância, e, à direita, um mar de flores salpicado por pequenas e espaçadas árvores coloria a alma e preenchia os sonhos de Menorah. Uma passarela de lajotas de madeira serpenteava por entre os ambientes. Mas não fora sempre assim. Durante muitos anos, o quintal se achava todo tomado pela grama, exceção feita às árvores, que já estavam ali muito antes de a casa ser da família Raviv, e de uma mesa retangular, local onde Elad e Menorah recebiam parentes e amigos para almoçar nas tardes de domingo.

– Bom dia, meu filho – ela o cumprimentou sem tirar os olhos da pá que esburacava o jardim.

– Bom dia, mãe – o jovem retribuiu o gesto e caiu na risada.

– O que foi? Do que você está rindo? – ela perguntou, correndo os olhos na direção de Benjamim. Um pequeno sorriso se desenhou em seus lábios.

Menorah calçava uma galocha de borracha preta por sobre uma calça jeans, já tingida de marrom por causa da terra. Uma blusa sem mangas, imunda, e um par de luvas amarelados concluíam o figurino.

O rosto se achava vermelho por causa do sol forte e os cabelos úmidos e desgovernados devido ao suor.

— O que está fazendo?

— Dando um jeito neste jardim. Venha me ajudar — Menorah convidou o filho que, com uma careta e um gesto de negação, recusou a oferta, girando o tronco a caminho da porta.

Foi então que Benjamim se deteve, arranhado por um lampejo de sua mente inquietante, que sangrava centenas de dúvidas e milhares de perguntas. Mudou de ideia num súbito e agachou o corpo.

— O que tenho que fazer? — perguntou, deixando os chinelos sobre a lajota de madeira.

— Tome isto! — Sua mãe lhe estendeu uma muda de margaridas brancas. — Coloque aqui com muito cuidado e depois arraste carinhosamente a terra até tapar o buraco — explicou.

Por ora, Benjamim se esqueceu de todos os fantasmas que o afligiam. A tristeza por Laila ter partido não mais o acompanhava, assim como as dúvidas sobre sua paternidade, que pareciam ter alçado voo e viajado por terras bem mais distantes do que aquela que neste momento sujava suas mãos. A única coisa que preenchia sua mente e seu coração era aquela frágil planta que descansava entre seus dedos. Ele a conduziu com imenso esmero, como um pai a carregar um filho no colo, prazer que ele mesmo nunca teve, e a colocou no local determinado. Arrastou a porção de terra com a mão em concha e cobriu sua raiz e boa parte do caule, finalizando com pequenos e delicados tapas para endurecer e unificar o espaço com o restante do jardim. Sentiu-se como se acomodasse uma criança no berço, levando a coberta até o seu pescoço para afugentá-la do frio.

— Muito bem! — Menorah o parabenizou. — Agora jogue um pouco de água e peça a Deus que a ajude a gostar deste lugar.

Benjamim finalizou a tarefa com prodigiosa satisfação. Fazia algum tempo que não desempenhava uma função que naturalmente lhe devolvesse um pouco de paz.

— Obrigado, mãe — o jovem agradeceu, apoiando suas costas no tronco da oliveira a fim de descansar na sombra. Correu os olhos pelo quintal e lembrou-se de quando era pequeno e jogava futebol por sobre o gramado onde hoje as flores crescem. O gol ficava exatamente sobre a fileira das orquídeas, entre a oliveira e uma pequena tamareira. Sorriu com tranquilidade e sua mente o remeteu àquela época. Um tempo em que via o pai, sempre distante, planejar e transformar o relvado por onde ele corria, pulava e brincava, no jardim que hoje ocupa o tempo de sua mãe. Anos mais tarde, quando as lajotas de madeira foram colocadas sobre o solo, viu seu espaço ser reduzido a menos da metade do ambiente, já que os móveis que abrigavam os desjejuns vespertinos e as confraternizações se deslocaram para aquele que viria a ser o seu lado.

– *O lado direito é o jardim de sua mãe, ouviu bem?* – Benjamim cerrou os olhos e foi capaz de escutar a voz rouca e robusta de seu pai a lhe dar ordens. Na época, seus olhos arregalados e assustados mal piscavam e sua cabeça apenas confirmava com um tímido aceno.

– Filho, você quer alguma coisa? – Menorah perguntou, afastando os devaneios que transitavam pela mente do jovem. Ela se achava de pé com os instrumentos de jardinagem nas mãos.

– Quero conversar com você – ele se pegou dizendo.

– O que houve?

Um turbilhão de palavras sangrou através de sua garganta e o atingiu no estômago como se fosse uma úlcera. Na realidade, não dava para afirmar que as dúvidas que atravessavam suas artérias não se tratavam de profundos cortes abertos e ardidos. Laila o deixara e Elad, ao que tudo levava a crer, não era seu pai verdadeiro. Às vezes se perguntava se não ficava criando tempestades num copo d'água, mas o fato é que estava muito difícil para ele suportar todos aqueles recentes acontecimentos.

Para finalizar, Elad havia partido. Pela quinquagésima vez, seus pais estavam separados e ele não suportava ver Menorah perambulando pela casa como se aquele lar fosse um local desconhecido. Benjamim sabia que sua mãe aguardava ansiosamente o toque da campainha e ver seu esposo entrar pela porta da frente carregando sacolas como se todo aquele tempo afastado não passasse de uma visita ao supermercado para fazer as compras do mês. Mesmo diante de tudo isso, tomou coragem para iniciar a conversa que há tanto ensaiara. Sua mãe estava só e ele também. Algo os unia àquele ponto, ao jardim dos fundos da casa.

– Mãe, naquele final de semana que vocês viajaram, eu encontrei acidentalmente um envelope na gaveta do papai. Minha intenção era procurar uma camisinha para transar com a Laila, no entanto, acabei descobrindo um exame da IAF Laboratórios – tais palavras escapuliram de sua garganta de maneira azeda, corroída, dolorida e quente, como num vômito.

– O que esse tal exame dizia? – Menorah perguntou, com a voz séria e os olhos marejados e umedecidos.

– É o que quero saber – respondeu o jovem.

– Filho, Elad te ama muito, nunca deixe de acreditar nisso – ela disse, na tentativa de se proteger e desviar o assunto ao mesmo tempo em que acabava de entregar os pontos.

– Mãe, Elad é estéril. Ele não pode ter filhos, portanto, não pode ter me gerado. Só quero saber quem é meu pai verdadeiro – Benjamim ergueu a voz no instante em que se colocou de pé e se aproximou de Menorah.

Ela o abraçou, pousando a cabeça em seu ombro, forte e torneado, e caiu num choro soluçante.

– Perdoe-nos, meu lindo. Deveríamos ter lhe contado tudo isso há muito tempo. Faltou-nos coragem para encarar a verdade. Queríamos poupá-lo desse sofrimento.

– Só quero saber – uma pausa – a verdade – o jovem balbuciou, de maneira imediata.

– Está bem – ela assentiu.

– Você é a minha mãe verdadeira? – Benjamim perguntou, num sopro.

– Sim! Nunca duvide disso, meu filho – ela respondeu, entre soluços.

– Isso significa que eu não fui adotado – sussurrou para si mesmo. – Quem é o meu pai? – a voz do jovem deixou a garganta com austeridade e ele se desvencilhou dos braços de sua mãe.

– Fiz uma inseminação artificial, um procedimento cirúrgico onde o sêmen do homem é depositado no interior do útero materno.

— Você não respondeu à minha pergunta. Já chega! Elad é estéril. O sêmen colocado em seu útero tem de pertencer a alguém. Quem foi o doador? – Benjamim indagou, demonstrando falta de paciência.

— Filho, me escute! Deixe isso pra lá. Esta história só vai nos trazer mais sofrimento e dor – Menorah disse, de maneira desesperada.

— Mãe, quem é o meu pai? Se você não me disser, eu vou sair pela porra daquela porta e só voltarei quando descobrir tudo – o jovem ameaçou, sem pestanejar.

— Não sei quem é o seu pai, está contente? – Menorah gritou e Benjamim emudeceu, paralisando como se fosse uma estátua a decorar aquele belo jardim. – Na época, havia centenas de doadores de sêmen, seu pai biológico é um deles. Eu não quis saber o nome do sujeito porque sempre achei que sua paternidade pertencesse a Elad. Mas ele nunca soube ser um pai por inteiro. O fantasma do tal doador de sêmen sempre o assombrou e o manteve distante de você – ela completou, num desabafo longo, seguido de uma extensa lufada de ar.

O sol havia dado uma trégua. Um vento forte soprava a noroeste trazendo nuvens cinzentas e carregadas, indicando a aproximação de uma tempestade, que não chegou a se confirmar.

— Mãe, eu amo o Elad. Para mim, ele sempre será o meu pai, independentemente de ele nunca ter se aproximado de mim como eu sempre desejei. Nada me faltou em todos esses anos. Eu só quero saber quem é o filho da puta que doou a porra do sêmen para você ficar grávida!

— Não sei o nome dele, meu lindo. Já te disse! A única coisa que posso te falar é que ele ganhou uma boa grana para fazer a doação.

— Dinheiro? Vocês compraram os espermatozoides de um homem que não sabem nem o nome? Não faz o mínimo sentido! Doar o sêmen não é uma ação voluntária, ou melhor, gratuita? – Benjamim não acreditava no que ouvia.

— Há os dois tipos de atividade, o sêmen doado voluntariamente e o comercializado. O cirurgião nos aconselhou a comprar de um doador profissional. Segundo o Doutor J. R. Zeviel, a garantia do resultado valeria cada centavo, e eu dou razão a ele. Olhe só para você! Um rapaz lindo, forte, saudável, inteligente, que nunca pegou uma doença grave. Filho, agora você sabe de tudo!

– Você está enganada! Ainda não sei de tudo! Quero saber o nome do meu pai e vou descobrir, custe o que custar! – Benjamim correu no caminho de volta para casa. Subiu os degraus da escadaria aos pulos, entrou no quarto e jogou-se num banho rápido e morno. Vestiu-se com uma camiseta preta do *Iron Maiden*, a capa do álbum *Powerslave* estampada na frente, disco lançado em 3 de setembro de 1984, uma bermuda jeans e, por fim, calçou meias brancas e All Star preto. Seguiu a passos apertados, cenho estreito, na direção da rua. Precisava refletir a respeito de toda aquela conversa, organizar as informações, ler nas entrelinhas, descobrir exceções. O certo é que tanto as palavras ditas quanto as que não chegaram a ser pronunciadas por sua mãe o derrubaram como um surfista tomba diante de uma onda gigante num dia de mar revolto. Seus pés o levaram na trilha da cidade velha. Desta vez, entrou pelo portão novo, em frente ao prédio da prefeitura de Jerusalém, localizado na esquina da Rua Jaffa com a Hamelech. Num súbito, lembrou-se de seu mais novo amigo, Allen.

Pegou o celular e discou o número dele decidido a marcar um encontro.

DEZESSETE

Tel Aviv, dias atuais

Os ponteiros do relógio marcavam 6h45 quando Laila saltou da cama às pressas. Ainda sonolenta, jogou-se debaixo do chuveiro e vestiu-se de maneira confortável. Camiseta preta da banda norte-americana de *thrash* metal Testament, uma saia xadrez com detalhes em vermelho, que descia até a altura do joelho, e bota preta.

Desta vez não se maquiou como costumava fazer, não havia tempo. Passou um pente nos cabelos, colocou uma pequena mochila nos ombros e saiu de casa voando como um foguete. A fome ainda não a incomodava. Certamente ao chegar ao Sheba Medical Center, em Tel Hashomer, compraria algo para comer e enganar as reclamações do estômago pelo jejum prolongado.

O dia havia amanhecido nublado, os raios solares vibravam tímidos num céu encoberto por um véu de nuvens brancas, e um vento fresco passeava calmamente pelas ruas da cidade arrastando as folhas secas que se desprendiam dos galhos das palmeiras. Uma questão de tempo apenas até o calor pedir passagem e esburacar aquele bloqueio nebuloso. Cedo ou tarde, as nuvens dariam licença e cederiam o espaço celeste ao fervor do sol. Laila chegou à entrada do hospital caminhando a passos apertados, apanhou o celular no compartimento lateral da mochila e injetou os olhos na direção da tela a fim de conferir as horas. Eram 7h30 da manhã. Um sorriso de alívio foi desenhado em seus lábios ao perceber que estava dentro do horário previsto.

A prova estava marcada para as 8 horas e um mar de gente já se concentrava no estacionamento em frente à Ala III, onde o teste descritivo seria realizado durante todo o período da manhã. Em seguida, os concorrentes aprovados sairiam para almoçar e voltariam à tarde para uma entrevista com o diretor do hospital. Havia cerca de três mil inscritos para apenas trinta vagas. Os primeiros colocados teriam a preferência na escolha do local onde iriam estagiar pelos próximos trinta e seis meses.

O processo era rápido e informatizado.

Aproximadamente mil computadores foram instalados no saguão térreo do mesmo edifício para atender aos concorrentes assim que deixassem a sala de provas com o cartão de respostas nas mãos. Era só passar o cartão pelo leitor óptico para o candidato receber as informações quanto à sua nota, à colocação e se fora ou não aprovado. Laila estava visivelmente trêmula, seus dedos inquietos não paravam de se agitar nem por um instante sequer e sua respiração se mostrava curta e entrecortada. Resolveu comprar um salgado, um chocolate e uma garrafa de água para aguentar a batalha que viria a seguir. Um pão de queijo recheado com requeijão, tomate e orégano, do tipo tamanho gigante, saltou diante de seus olhos famintos, assim que seus pés atravessaram a porta de entrada da lanchonete, localizada ao lado direito da segunda Ala, a alguns metros de onde estava. Ela o devorou em poucas dentadas e no mesmo instante sentiu-se acalentada e revigorada. O chocolate fora guardado no estojo junto ao lápis, à caneta e à borracha, que descansavam lá dentro. Saiu às pressas e se dirigiu até o hall de entrada da Ala III, onde os candidatos já iniciavam a procura de suas respectivas salas. Tentou não se apavorar e disfarçou uma tranquilidade que definitivamente não batia em seu peito. Correu os olhos pelo ambiente que sonhava trabalhar no futuro e sorriu ao ser engolida por um enorme salão retangular, abraçado por enormes janelas que nasciam a meio metro do chão e se estendiam até a altura do teto. Um piso brilhante e limpo revestido de mármore branco cercado por enormes colunas circulares se achava sob seus pés.

Nos quatro cantos, escadas rolantes subiam e desciam sem pausa e pareciam formar os braços de uma enorme aranha, que conduziam os transeuntes aos infinitos andares do edifício. Cada um dos prédios do hospital, aqui chamado de Ala, representava uma especialidade e seus respectivos andares destacavam uma especificidade diferente, com direito a centros cirúrgicos e de pesquisa, bibliotecas, salas de estudo, espaço conferência e o que eles chamavam agora de praças de convivência. Não é à toa que Israel era referência mundial em medicina preventiva, em bacteriologia e em tecnologia assistida e cirúrgica. O salão principal já se encontrava praticamente vazio quando um homem baixo, de barriga generosa, careca e de bigode grisalho, embrulhado num avental azulado, se aproximou de Laila.

— Você precisa de ajuda para encontrar sua sala, minha jovem?

— Preciso sim, obrigada! — respondeu com a voz doce, calma e ofereceu àquela simpática figura um largo sorriso.

— Posso ver seu documento e sua inscrição?

Laila assentiu com um gesto de cabeça e estendeu sua mão até o ajudante.

— Siga-me. É por aqui — disse, dirigindo-se até a escada rolante ao lado esquerdo do portão de entrada.

A jovem apertou o passo e olhou de esguelha para o sujeito que a ajudava. Notou que o homem caminhava com certa dificuldade, puxando a perna direita. Lembrou-se de quando era pequena e seu pai, ainda jovem e forte, fora atropelado por uma charrete que atravessava a Avenida Haran Baruch, paralela à Rua Jaffa, uma das principais vias da Nova Jerusalém. O acidente não chegou a causar danos importantes, mas, durante algumas semanas, Samuel Mordechai caminhou puxando uma das pernas, ela não se recordava qual, e vivia reclamando pelos cantos porque não podia sair muito de casa, tampouco jogar beisebol com os amigos, o que, convenhamos, é demais para alguém que é hiperativo confesso. Num súbito, suspirou um hiato preenchido pela saudade de casa.

— Chegamos — indicou o sujeito, apontando na direção de uma porta verde, devolvendo a Laila o documento e a realidade.

— Obrigada — ela agradeceu.

A jovem encontrou a sala lotada, entrou de maneira cabisbaixa e envergonhada e sentou-se na última carteira da primeira fila. Todos ainda aguardavam as instruções iniciais da prova. Numa espécie de quadro negro, a palavra Ariel estava escrita a giz, o que Laila interpretou como sendo o nome da monitora, uma mulher jovem, que não aparentava mais do que 30 anos, de cabelos compridos, traços finos e olhar confiante.

Enquanto eram explicados os procedimentos, Laila imaginou como seria agradável e confortante receber um torpedo desejando boa sorte de alguém querido. Um aperto no coração a levou até Benjamim e uma gota de lágrima umedeceu seus olhos. Ela baixou a cabeça num lampejo de tristeza e arfou incertezas. Uma centelha de indagações respingou em sua mente como uma torneira mal fechada:

Será que eu deveria ter terminado com ele? E se ele encontrar outra pessoa e me esquecer para sempre? E se...

— Você está bem, mocinha? — perguntou a monitora, entregando-lhe a prova e o cartão de respostas.

— Estou — respondeu, meio sem graça. Por dentro agradeceu à moça por ter espantado os devaneios que a atormentavam.

— Não comece até que eu sinalize — completou.

Laila apenas confirmou com um aceno de cabeça. Tentou se concentrar no intuito de acalmar os nervos, cerrou os olhos e respirou fundo.

— Podem começar — uma voz soou ao longe.

Ela abriu os olhos, girou a primeira folha do teste e não mais desviou seus pensamentos até terminar de responder a última pergunta. Saiu da sala em silêncio e seguiu na direção da mesma lanchonete que estivera horas atrás, agora para almoçar.

Pediu um homus com feijão, falafels e pães. Comeu de maneira tranquila porque dentro de suas veias corria a sensação de que havia atingido pontos suficientes para ser aprovada.

No período da tarde veio a confirmação. Laila Mordechai havia sido classificada em sétimo lugar e, após a entrevista com o diretor geral do hospital, o Doutor Caleb Doran, a jovem pôde escolher o local onde estaria aprendendo e prestando seus serviços durante os próximos três anos de sua vida. Escolheu o que sempre sonhara para si, a Ala IX, um enorme edifício onde acompanharia e atenderia pacientes diagnosticados com o Mal de Alzheimer. Conversou rapidamente com o Doutor Yoel Tomer, médico e diretor da área de Gerontologia do hospital, e voltou para casa ao entardecer banhada em uma felicidade única, até então desconhecida. Nem se importou com o chuvisco que a pegou desprevenida em boa parte do percurso. Encontrava-se radiante como as estrelas do verão israelense. Saiu com Eliora, sua tia, uma senhora inteligente, articulada, bonita e solteira convicta, para comemorar num pub próximo de sua nova casa, em frente ao Ginásio de Basquetebol, na esquina da Rua La Guardia com a Avenida Freeway, mas em nenhum momento durante aquela noite sentiu-se de maneira totalmente completa.

    Faltava-lhe alguém para compartilhar sua conquista, Benjamim.

DEZOITO

Jerusalém, dias atuais

Menorah se arrastou a passos sofridos para atender as batidas na porta.

Estava em prantos. Seus olhos se mostravam vermelhos como pimenta, os lábios trepidavam sem parar, exatamente como as janelas da sala, agitadas pelo vento, e seu rosto estava pálido como uma estátua de gesso.

— Elad — ela disse, num sopro, e se atirou em seus braços.

— Minha Menorah, quanta saudade! O que houve? Eu fiquei muito preocupado com o recado que você deixou em meu celular. Voltei o mais rápido que pude — ele balbuciou, a voz abafada pelos cabelos longos da esposa, que permanecia mergulhada em seus ombros.

— Ele sabe de tudo!

— Quem? O menino?

— Sim.

— Tudo?

— Pelo menos, tudo o que eu sei — Menorah desabafou, pegando na mão do marido e o conduzindo até a sala de estar.

Elad observou o cômodo com cuidado. Sorriu ao perceber que algo estava diferente. As paredes haviam sido pintadas de amarelo bem claro e o sofá, antes do lado esquerdo, fora trocado de posição com o móvel da TV e do *Home Theater*. Algo que ele sempre quis fazer, mas continuava a ceder às escolhas e aos caprichos da esposa. Lembrou-se de todos os argumentos que utilizou para tentar persuadi-la, mas nunca obteve sucesso e acabava por deixar essas questões, não tão importantes, trancafiadas em seu próprio cofre.

— Com a televisão deste lado não teremos intervenção do sol e a imagem ficará mais nítida a qualquer hora do dia — ele dizia.

— *Nós só assistimos TV à noite* — Menorah retrucava.

Agora a sala de estar se apresentava da maneira que Elad sempre sonhara. Como se Menorah tivesse atendido aos seus apelos de anos e anos aguardando a sua chegada.

E ele estava ali!

— Então, Benjamim ainda não sabe o nome do sujeito — murmurou Elad, olhos semicerrados e sobrancelhas arqueadas.

— Você nunca me contou — ela o advertiu. Uma pausa. — Melhor assim — completou com a voz baixa, presa entre os dentes.

— Acho que ele merece saber de tudo, inclusive o nome do pai dele. — Elad inclinou seu olhar na direção do rosto da esposa de maneira cuidadosa e atenciosa.

— Não sei, eu tenho medo!

Uma centelha de pensamentos gorgolejou na mente de Menorah enquanto ela se sentava no sofá, cabisbaixa e com os olhos umedecidos. Levou as mãos unidas na altura do rosto como numa prece.

— Meu Deus! O que vai ser da nossa família? — se ouviu dizendo, numa súplica. Seus olhos sem vida miravam o vazio.

— Ele nos ama, meu amor! Somos a família dele! Mas o menino tem o direito de saber a sua própria história. Eu sei bem o que é isso porque fui abandonado quando ainda era um bebê e adotado aos 7 anos de idade.

— Você nunca me falou sobre isso — ela rebateu, sem pestanejar.

Ele deu de ombros e disse:

— Não vamos mudar de assunto. Outra hora eu te conto tudo. Agora, vamos voltar ao nosso Benjamim.

Menorah assentiu com um gesto de cabeça.

— Afinal, onde ele está? — perguntou Elad.

— Ele saiu.

— Disse pra onde ia?

— Não.

— Tudo bem! Deixe-me pensar. — Um silêncio perturbador se fez presente e agitou o ambiente. — Não faço a menor ideia de onde e como está o tal doador de sêmen. Já faz tanto tempo!

— Você é tão metódico, deve ter anotado em algum lugar.

— Se ele não mudou de endereço, acho que sei onde encontrá-lo. Amanhã podemos partir bem cedo. Por ora, preciso descansar.

Menorah aquiesceu e disse:

— Vá se deitar, meu amor. — Seus olhos apontaram para a escada.

— O quarto permanece o mesmo? — perguntou Elad, num tom de deboche.

— Por muito pouco não coloquei uma cama de solteiro — respondeu e, pela primeira vez durante toda a conversa, seu rosto se desmanchou num sorriso.

— É muito bom estar de volta. Eu estava morrendo de saudade — Elad disse e lançou seus lábios de encontro à boca da esposa, que retribuiu o gesto num beijo doce, molhado e apaixonado.

— Em que lugar esse homem mora? — ela insistiu, logo após descolar os lábios da boca do marido.

— Em Neve Tzedek, no bairro dos artistas.

— Que chique! — Menorah comentou com a voz irônica e caiu na risada. — Sabe de uma coisa? — perguntou, num tom macio.

— Diz.

— Estou aliviada, independentemente do que vier a acontecer.

— Eu também. Vou ajudar Benjamim a encontrar seu pai verdadeiro.

— Assim você me assusta! Para com isso! Você é o pai verdadeiro dele.

— Menorah, você entendeu o que eu quis dizer. Está tudo bem agora!

— E como pretende fazer isso?

— Vou trazê-lo aqui — disse, dando as costas para a esposa e seguindo a passos truncados e cansados na direção da escada. Por ora, nada o interessava mais do que uma boa soneca.

— Que Deus nos ajude! — Menorah sussurrou para si mesma e subiu silenciosamente atrás do marido.

Elad se jogou na cama de roupa e tudo. Não se deu nem o trabalho de retirar os sapatos. Mas, ao contrário do que havia planejado para as próximas horas, sua mente não lhe trouxe o sono, tampouco lindos e tranquilos sonhos. Ela o levou ao passado, um período pouco feliz e de que não gostava muito de recordar. Num súbito, seus olhos se entreabriram na penumbra do quarto e, percebendo a presença da esposa sentada ao seu lado, e como se estivesse num túnel do tempo, desatou a falar:

— No verão de 1968, vinte anos após a independência do estado de Israel, uma enorme rebelião assolou o país. Os judeus foram novamente perseguidos como se o Holocausto não tivesse tido fim, apenas concedido um breve período de esquecimento, como uma doença terminal estacionada à espera de um motivo, de um lembrete qualquer para se alastrar e mostrar suas garras outra vez. Árabes, palestinos e alguns europeus extremistas invadiram nossas terras e mataram muita gente. Foi uma verdadeira chacina. Na ocasião, muitos judeus se esconderam em casas de parentes e amigos com outras nacionalidades, fugiram para países vizinhos e alguns pais de bebês recém-nascidos acabaram optando por doar seus filhos a orfanatos na esperança de que tivessem uma melhor chance de vida. — A voz de Elad era pesada, quase metálica, e seu rosto se mostrava enrijecido e tenso, como se segurasse o choro.

Lá fora, um chuvisco se mantinha lento e constante e rabiscava de água os vidros da janela do quarto.

— Continue — disse Menorah, num sussurro confortador.

— Em meio a tudo isso, um cesto com um menino fora deixado em frente a um orfanato próximo à Igreja de São Pedro, em Jaffa, da ordem dos Padres Franciscanos. Um casarão de aspecto abandonado, grande e cinzento, que cheirava a uma mistura de feijão cozido, alho e mofo. Talvez por isso tenha sobrevivido intacto aos ataques e aos tiros que aterrorizavam cada esquina do país. O menino cresceu com o rosto borrado a sujeira e lágrimas, se alimentando de pão amanhecido com alface e vestido em roupas enormes onde caberiam, no mínimo, três de seu tamanho juntos. Flutuava pelos cômodos e corredores daquele imenso lugarejo carregando em seu cenho um vazio e uma tristeza que nunca deixariam de assombrá-lo. Tal sofreguidão diminuiu consideravelmente quando, no natal de 1974, um casal alemão, Franz e Anne Burkhard, romperam a porta da frente da casa e se apaixonaram por ele. Após isso, foram onze meses se comunicando por cartas até que a adoção saiu, tão logo acabaram os dias de terror em Israel. O menino ganhou um lar e um quarto só para ele. Mesmo assim, os tempos de calmaria estavam a quilômetros de distância. Ele cresceu mergulhado no medo de ser descoberto, capturado e morto, e nas exaustivas lições sobre o cristianismo. Devido a tudo isso e ao fato de ter sido adotado por pais europeus católicos fervorosos, assim como vários de seus amigos, um crescente ódio pelos judeus se plantou nas terras de seu coração partido, do qual seu sangue sempre pertencera. Apenas o seu nome fora mantido por exigência de Bento Timóteo, Padre Franciscano que ajudou na sua criação e foi decisivo em sua adoção.

– E qual o nome desse menino? – perguntou Menorah, a voz trêmula e baixa, quase inaudível.

– Elad Raviv – disse, num sopro. – Esse menino era eu.

DEZENOVE

Tel Aviv, 1995

O barulho cortante e intermitente do trator debaixo de sua janela fez Daniel pular da cama cedo, quase na madrugada. Desde que o edifício ao lado, na esquina da Rua Ilan com a Tahrzav, entrou em obras, a noite dos moradores do bairro havia se transformado num verdadeiro inferno e diminuído o período de sono e descanso pela metade. De nada adiantaram as inúmeras assembleias e os incontáveis cartazes espalhados pelas ruelas de Neve Tzedek a favor da diminuição dos ruídos. O batucão de estacas se iniciava junto com o nascer do sol. O doador de sêmen compareceu às duas primeiras reuniões, mas pouco pôde fazer além de balançar afirmativamente a cabeça e espalhar sorrisos falsos a pessoas que mal sabia o nome. A verdade é que seus brancos na memória voltaram a assombrá-lo e ele quase não compreendia o que de fato aquelas pessoas desejavam com toda a falação que sangrava de suas gargantas furiosas.

Daniel vestiu-se mecanicamente com uma calça social marrom, mesma cor dos sapatos e das meias, uma camisa polo branca e um chapéu coco num tom creme. Ele prezava por trajes que combinassem, sempre fora assim, desde quando garoto. Espelhou-se em seu irmão cinco anos mais velho cuja fama era de um promissor estilista, por estar sempre à frente da moda. Subitamente, lembrou-se dele em *flashes* recortados e desordenados, mas as lágrimas escorreram soltas por sua face enrugada de maneira sequenciada e compulsiva. Yesher Lebzinski mudou-se para Veneza antes de completar 30 anos para trabalhar como estilista em uma confecção de roupas masculinas e nunca mais voltara a Israel. Eles eram muito amigos, dividiram o mesmo quarto durante duas décadas, mas pouco se falaram após a partida de Yesher à Itália, exceção feita ao Yom Kipur do ano seguinte, quando recebera um telefonema do irmão e conversaram intimamente pela última vez. A segunda chamada de Veneza chegara anos depois como um míssil de tristeza, desses que a faixa de Gaza vê a cada anoitecer. Yesher estava doente, mal conseguia falar. Alimentar-se era uma ação raríssima, assim como reconhecer amigos e parentes. O Doutor Marcello Luccesi foi quem chamou Daniel às pressas para cuidar do irmão e passar com ele seus últimos dias de vida. Seguiu para a Itália levando na bagagem muito sofrimento, uma troca de roupa e seus quadros. Pensou em tentar a sorte como pintor, já que Veneza sempre foi considerada o berço da arte e deu à luz inúmeros artistas reconhecidos mundialmente. Jacopo Robusti Tintoretto, Vittore Carpaccio, Giovanni Antonio Canal e Gentile Bellini, para citar alguns. Todos excepcionais pintores.

Um relâmpago indicando a chegada de uma tempestade levou Yesher para longe da mente confusa de Daniel. O doador de sêmen se arrastou a passos vacilantes e sonolentos até a cozinha, onde acendeu o fogo e colocou uma chaleira com água para ferver. Em seguida, após um longo suspiro, secou as lágrimas com a manga da camisa e sentou-se numa cadeira de balanço em frente à janela da sala, de onde se via quase todo o bairro. Se o vento pudesse ser visto, ele estaria pintado de cinza-chumbo naquela manhã de quarta-feira, unindo-se às nuvens carregadas que escondiam o azul do céu israelense. Alguns pingos grossos e espaçados salpicaram no vidro que separava o doador de sêmen da chuva, que já tingia de molhado ruas, calçadas e os desavisados.

Ele sorriu de maneira singela ao ver aquele cenário. Outrora, a imagem que se apresentava diante de seus olhos cansados lhe renderia um novo quadro. Agora, se tratava apenas de uma vaga lembrança de um dom estilhaçado, como um copo caído ao chão. Alguns bons minutos se passaram e o aguaceiro que caía das nuvens parecia um lençol de prata brilhante. Daniel Lebzinski fechou a cortina e os olhos, entregando-se à preguiça e ao sono, sobretudo pela noite maldormida. Um tímido perfume de queimado atingiu suas narinas como se uma agulha fina beliscasse sua pele. Não foi o bastante para acordá-lo. Enquanto a cadeira de balanço rangia suavemente, a chuva descia numa enxurrada e o trator ainda tamborilava, uma onda de fumaça crescia em proporções bíblicas e jantava o ar de toda a casa. O fogo chamuscava da cozinha e já engolia portas, armários e começava a invadir a sala num tremor luminoso em amarelo e vermelho. Seu corpo tossiu alto sem que seus olhos se abrissem. Os ouvidos conseguiram captar batidas na porta. O doador de sêmen pendeu seu corpo para o lado direito e, num súbito de susto, sentiu a brasa quente queimar seu braço. Um grito seguido de um movimento único e brusco o colocou de pé.

– Ai! O que é isso? – se pegou dizendo.

A porta se escancarou, mas Daniel nada enxergava além de fogo e um oceano de fumaça cinzenta. Seus pulmões suplicaram por oxigênio há muito desaparecido, assim como os vizinhos que fugiram às pressas e aguardavam aflitos o desfecho da tragédia.

– Senhor Lebzinski? Você está aí? – um eco preso, como se viesse de dentro de uma garrafa, tilintou em sua mente.

Antes de se entregar a uma síncope assustadora e desabar sobre o tapete em brasa, um último suspiro de força o colocou a responder.

– Aqui – disse, dobrando as pernas.

O jovem Kibutz correu tossindo em meio à névoa e entrou na casa. Colocou o doador de sêmen nos ombros e saiu em disparada até ganhar a rua, que se apresentava lotada, mesmo debaixo de chuva. As pessoas se acotovelavam para acompanhar o incêndio que já cobria o edifício todo. O alívio chegou minutos depois ao som de sirenes. O Corpo de Bombeiros iniciou o trabalho de dissipação do fogo, enquanto um furgão de ambulância dava cabo de prestar os primeiros socorros a Daniel e levá-lo com vida ao Hospital Ichilov.

– Você é parente dele? – o paramédico perguntou ao jovem Kibutz, que se achava sentado na cabine traseira do furgão, ao lado do doador de sêmen, deitado com os olhos cerrados e uma máscara de oxigênio escondendo a maior parte de seu rosto.

– Não. Sou o verdureiro da rua, Doutor.

– Você conhece alguém da família dele?

– Que eu saiba, ele não tem ninguém – o jovem Kibutz respondeu, com a voz encabulada.

– Como assim? Está me dizendo que esse senhor não tem filhos, irmãos, primos, tios, nada? – O paramédico parecia irritado. Era um sujeito tão magro que as roupas brancas de tamanho "P" que o vestiam davam a impressão de estarem penduradas no cabide.

— Há uma senhora que compra verduras em minha venda que costuma frequentar a casa dele, mas acho que eles são apenas amigos.

— Hum — resmungou o paramédico. — Me fale quem é — balbuciou, pegando um lápis e um pedaço de papel.

— Judith Stelar.

— Espere! Judith Stelar é enfermeira do nosso hospital.

— Disso eu já não sei — murmurou Kibutz, num sopro.

O furgão freou de maneira brusca e parou, assim como a sirene, que durante todo o trajeto orquestrou um apito agudo e ensurdecedor.

— Chegamos — disse o paramédico, abrindo a porta traseira da ambulância.

Dois enfermeiros aproximaram-se do carro a passos apertados. Uma mulher de cabelos curtos e um rapaz com barba no queixo. Eles vestiam um jaleco verde sobre uma calça social branca, mesma cor dos sapatos.

— Um só é suficiente — gritou o paramédico. — Vá chamar a Judith — disse, os olhos injetados na direção da mulher, que recuou.

— Quem?

— A enfermeira Stelar, do laboratório. Diga que um amigo dela está passando pelo pronto atendimento do setor de queimados.

— Positivo — respondeu a moça, entrando correndo pela portaria do hospital.

VINTE

Jerusalém, dias atuais

O Portão de Damasco passava por intensas reformas. O maior cuidado era para manter as pedras intactas e o aspecto original. Por essa razão, além dos pedreiros, em sua maioria árabes, historiadores e arqueólogos acompanhavam as obras de perto. Um pequeno espaço fora delimitado às vendas de frutas e legumes, dispostas no chão sobre um corredor de tapetes, aos que se utilizavam da entrada como acesso à Cidade Velha, e, por fim, aos turistas.

Benjamim desembocou por lá cerca de vinte minutos antes do horário combinado. Os ponteiros indicavam 13h40. O sol era morno, quase indiferente ao dia, que havia amanhecido de ressaca por causa da chuva que caíra na noite anterior. O vento sussurrava de maneira branda, o suficiente para inquietar as folhas das palmeiras, dispostas ao redor de toda a entrada. Inúmeros policiais rondavam o local, garantindo a segurança daquele ponto que, para muitos, representava a mais perigosa entre todas as passagens para a Velha Jerusalém.

Allen havia dito ao telefone que estava afogado em projetos naquele dia e que só poderia se encontrar com Benjamim durante sua hora de almoço, e ainda assim bem rapidamente. Ao que tudo indicava, seria por volta das 14 horas. Ele trabalhava como corretor ortográfico e diagramador em uma revista de alcance nacional, *Magazine Yaffo,* uma das mais importantes de Israel no campo de decorações de interiores. Permeava suas semanas entre os escritórios de Tel Aviv e Jerusalém, locais onde as matérias aconteciam com enorme e ininterrupta frequência. Na cabeça de Benjamim, rondava a quase certeza de que seu amigo se atrasaria. Não tinha a menor importância! Precisava lhe falar com extrema urgência. Sentou-se num dos degraus da praça e resolveu esperar. Olhou de esguelha na direção daquela entrada da Cidade Velha, da qual sabia a história de cor.

O Portão de Damasco, além de se abrir diretamente ao bairro muçulmano em Jerusalém e ser conhecido pelos árabes como *Portão da Coluna* por causa do alto pilar que esteve na praça nos períodos Romano e Bizantino, erguido pelo Imperador Adriano, e que hoje não pode mais ser visto, recebeu esse nome porque seu corredor central aponta em uma linha reta à capital da Síria, Damasco, cidade habitada mais antiga do mundo. É também um dos locais mais procurados pelos turistas, apesar de ser o menos cuidado de todos os acessos à Velha Jerusalém. Os primeiros metros se revelavam de maneira gigantesca, mas os passos seguintes se fechavam num estreito e escuro corredor, úmido e malcheiroso, onde os desavisados pensavam estar na trajetória de uma ratoeira. De uma hora para outra, como num passe de mágica, largos braços de pedra e luz se apresentavam e a cidade onde Cristo viveu seus últimos dias era descoberta.

Allen chegou exatamente na hora marcada, acenou para o amigo de longe, erguendo a mão espalmada, e aproximou-se de Benjamim carregando um sorriso leve e tímido. Estava com a barba por fazer e vestia uma roupa social preta sem gravata.

— Olá — ele disse, oferecendo sua mão.

— Oi — Benjamim retribuiu o gesto.

— Estou faminto.

— Eu também.

— O que você quer comer? — Allen perguntou, com a voz morna.

Benjamim deu de ombros.

— Qualquer coisa — respondeu, sem entusiasmo.

— Vamos até a Rua Jaffa, Benjamim? Há vários restaurantes bons e baratos por lá. Eu te pago o almoço de hoje — ofereceu.

— Sim — concordou de imediato. — Mas não precisa pagar, eu tenho dinheiro.

— Faço questão. Você fica me devendo uma — Allen disse, caindo no riso.

— Feito.

Uma pastelaria charmosa e bem cuidada se abriu na boca da Rua Jaffa, em meio aos enormes prédios comerciais e às barracas de venda ambulante. Eles escolheram uma mesa na calçada e se acomodaram à espera da garçonete. Uma bela moça que aparentava uns 16 anos, cabelos curtos, repicados e morenos, olhos claros e mancando da perna direita por causa de um gesso no pé surgiu de supetão e largou os cardápios sobre a mesa.

— Já volto — disse, num grito, e partiu na direção de outros clientes.

Allen pediu três pastéis de queijo e Benjamim três de palmito. Para beber, dois sucos de amora, bem gelados.

— Meu amigo, o que há de tão sério que quer me contar? — Allen perguntou, sem rodeios.

— Eu descobri... — uma pausa — ... que meu pai é estéril e que na verdade sou filho de um doador de sêmen — Benjamim balbuciou, com a voz chorosa e trêmula.

Allen pousou sua mão no ombro do jovem amigo no instante em que os pastéis chegaram à mesa. A fome era tanta que o assunto, mesmo urgente, foi deixado de lado por longos minutos. O sol havia aumentado o seu fervor e já castigava a cidade sem misericórdia.

— Conheço duas pessoas que trabalhavam com isso — Allen quebrou o silêncio.

— Como? — Benjamim perguntou, espantado e com a boca cheia, como se não acreditasse no que ouvia.

— Dois doadores de sêmen. Um é muito amigo da minha mãe, desde a época em que trabalharam juntos na IAF Laboratórios. — Allen bebericou o suco de amora. — O outro eu vi algumas vezes perto de casa, há muito tempo, quando ele morava no mesmo bairro que a gente, em Tel Aviv.

— Qual é o nome deles?

— Silwan Shajev e Daniel Lebzinski.

— Um deles deve ser o meu pai — revelou Benjamim, num sopro, quase para si mesmo.

— Seu pai é o homem que cuidou de você, meu amigo. Para que você quer remexer nessa história toda?

— Essa história é a minha vida, Allen. Eu tenho o direito de saber como eu vim a este mundo, não tenho?

Allen balançou a cabeça num sinal de dúvida. Interiormente, milhões de pensamentos martelavam sobre suas têmporas, sobressaltadas.

Vivia a mesma situação que o jovem amigo. Daria de tudo para sugar um pouco da coragem e da bravura de Benjamim e, assim como ele, sair em busca de seu pai, de sua origem, das lacunas que faziam de seus dias imensos e imperfeitos mosaicos.

— Também não sei quem é meu pai — murmurou baixo, na esperança de que o amigo tivesse lhe escutado.

— O que disse? — Benjamim perguntou, voltando do silêncio.

— Nada! Só estava pensando — retrucou. — Preciso ir embora. Até mais, meu amigo, e boa sorte. — Allen abriu a carteira e deixou o dinheiro sobre a mesa de madeira envernizada da pastelaria, e então saiu em disparada.

Benjamim acompanhou Allen até perdê-lo para a multidão e nada entendeu. Atribuiu a fria despedida à pressa e à necessidade do amigo de voltar ao trabalho. Em sua mente, dois nomes sangravam como uma fenda aberta, mas não eram doloridas. Na verdade, traziam-lhe esperança. Sabia que havia dado um enorme passo na direção da verdade.

— Silwan Shajev e Daniel Lebzinski — repetiu para si mesmo, num largo sorriso. Os olhos presos no vazio. Um terceiro nome surgiu num súbito, rápido como um relâmpago, assim que ele apanhou o celular no bolso e digitou *Nova Mensagem* no *Menu* da tela principal.

Preciso avisar Laila da novidade, pensou.

VINTE E UM

Tel Aviv, minutos depois

Um tremor no bolso da calça promoveu um pulo de susto. Laila soltou um grito, daqueles meio afogados, que se parecem muito mais com um soluço do que propriamente com um som vindo da garganta.

— Eu nunca me lembro de desligar essa bosta — resmungou, pegando o aparelho celular nas mãos. Sorriu surpresa ao acionar o botão *Selecionar* e se certificar de que havia recebido uma mensagem de Benjamim. Antes de ler o conteúdo do texto, colocou-se a mirar o nome dele no remetente da mensagem, como se seu ex-namorado estivesse ali, em carne e osso. Assim mataria a saudade, que jantava sua saúde, sua alegria e parte de sua sanidade a dentadas ferozes e cruéis. Olhou para o visor principal do celular com a mesma ternura e carinho que costumava fazer quando observava Benjamim cochilando em sua cama, logo após o almoço. Lembrou-se, num súbito, que recostava o rosto em seu ombro e acariciava sua cabeça raspada, feito lixa, provocando cócegas na palma de sua mão.

— Quanta saudade! — sibilou, num murmúrio, enquanto uma gota de lágrima se desprendia de seu olho e morria ao tocar seus lábios secos e quentes.

Num gesto de fúria, guardou novamente o celular no bolso e seguiu caminhando a passos apertados e ansiosos até a lanchonete da universidade. Pegou uma garrafa de água. Estava no horário do intervalo e preferiu ficar sozinha na área do estacionamento a acompanhar seus amigos no pátio da Ala IX, ao lado da sala onde estudava naquela tarde. Parecia adivinhar que Benjamim faria contato. Uma intuição típica dos amantes.

Apanhou a garrafa de água com uma das mãos e o celular com a outra.

Resolveu ler a bendita mensagem.

— Seja o que Deus quiser — disse, numa espécie de oração, ao mesmo tempo que fazia o sinal da cruz com a mão que segurava a garrafa. Encheu-se de coragem e apertou novamente o botão *Selecionar*.

Caiu num riso destemido e satisfeito ao correr os olhos por aquelas palavras.

Laila, estou muito próximo de descobrir quem é o meu pai.
Já tenho dois nomes.
Silwan Shajev e Daniel Lebzinski.
Saudade, Benjamim.

Antes de pensar se deveria ou não responder à mensagem, os dedos de Laila já estavam flutuando pelas teclas do telefone, quase na velocidade da luz. Quando se deu conta, já estava à espera da confirmação do texto enviado.

Querido, fico muito feliz por você.
Sexta-feira tem show do Slipknot aqui em Tel Aviv.
Sei que você não os perderia por nada.
Já tenho ingresso de pista.
Por que você não vem e nos encontramos?
Beijos, Laila.

Slipknot é uma banda norte-americana formada em Des Moines, Iowa, em meados de 1999. Liderada pelo vocalista Corey Taylor, a banda ainda conta com mais oito membros. O sucesso veio logo, principalmente pelo fato de os integrantes se apresentarem usando máscaras e vestidos em macacões. Em maio de 2010, o baixista Paul Gray foi encontrado morto num quarto de hotel, por overdose de morfina. Entre os *Hits* mais conhecidos estão *Left Behind, Surfacing, SIC, Duality* e *Before I Forget*.

Dez minutos depois outro tremor no bolso da calça a fez pular, só que agora de alegria.

Acabei de comprar pela net.
Te vejo lá, Benjamim.

Laila tocou com os lábios no visor do telefone como se desse um beijo em Benjamim, tão logo respondeu à última mensagem com um monossilábico *Ok*.

Guardou o celular definitivamente e seguiu cantarolando de volta à sala de aula. Passou a semana toda contando os minutos para o show.

VINTE E DOIS

Tel Aviv, 1995

O setor de queimados do Pronto Atendimento do Hospital Ichilov ficava no segundo andar do prédio principal, contornando um extenso corredor e entrando na terceira porta à direita. Arejado e planejado, o ambiente se mostrava confortável e aconchegante, com a temperatura girando na casa dos 18°C, como determinam os especialistas.

Judith correu para lá assim que cavou uma brecha no atendimento de seus pacientes. Subiu as escadarias do laboratório até ganhar o *hall* de entrada do hospital e seguiu de elevador até o segundo piso.

— Como está o Senhor Lebzinski, Eliezer? — perguntou de imediato, ao passar pela recepção.

— Não está mais aqui, Stelar. Ele foi levado à Neurologia logo após receber os primeiros socorros — respondeu Eliezer. Um rapaz bonito, de pele morena, cabelos espetados, olhos azuis, e gay assumido.

— Obrigada — agradeceu, dando-lhe as costas num salto e tomando a direção do sexto andar, a Neurologia.

Judith deixou o elevador antes mesmo de a porta se abrir por inteiro. Se fosse uma corredora, teria queimado a largada, com absoluta certeza.

Chegou à recepção da Neurologia, que ocupava todo o andar, em dois pulos.

— Orah, onde está o Senhor Lebzinski?

— Está na sala do Doutor Yakir Keshet — ela respondeu, sem levantar os olhos da revista onde praticava palavras cruzadas. Era uma mulher de meia-idade, bem conservada, solteirona e com fama de devoradora de jovens.

— Obrigada — disse Judith, de imediato, correndo na direção do corredor onde os consultórios se acomodavam.

— Ei, Stelar! — gritou a recepcionista. — Aonde pensa que vai?

— Ao Líbano! Não está vendo a mala e as passagens, Orah? — soltou, num tom irônico. — Na sala do Doutor Yakir — respondeu, em seguida.

— Não vai, não! — Pausa para uma ligeira gargalhada. — Você não pode entrar lá sem que o Doutor lhe dê autorização.

— Do que você está falando?

— Novas medidas, meu anjo. Você não leu o livro *Normas e Condutas* que foi entregue na semana passada?

— Não.

Orah se colocou a rir.

— Aguarde um segundo, Stelar. Vou ligar pra ele.

Judith aproveitou para pegar um copo de água. Estava sedenta, com a garganta mais seca que o Deserto de Negev, região árida e inóspita que cobre boa parte do país.

— E aí? — perguntou Judith, impaciente.

— Ele está sendo submetido a uma série de exames. Parece que vai demorar.

— Como?

— Stelar, espere um pouco. Ordens são ordens — Orah respondeu, com a voz entristecida.

Num súbito, o restaurante *Lulu Kitchen & Bar*, onde jantou pela última vez com Daniel, assaltou-lhe a mente. Lembrou-se do pedido do amado.

— *O envelope amarelo com todas as explicações e documentos necessários* — repetiu suas palavras, deixando escapar em voz alta as recordações daquela noite.

— O que disse? — perguntou a recepcionista.

— Nada! Eu já volto.

— Eu hein... — murmurou Orah, voltando as atenções para a revista disposta sobre o balcão. — Só tem maluco neste hospital — completou.

Judith saiu em disparada. Precisava entrar na casa do amado e encontrar os documentos que ele havia lhe confiado. Pegou o ônibus número 4, na movimentada Avenida Weitzman, com destino a Kikar Dizengoff, próximo a Neve Tzedek. Desceu no ponto da Rua Allenby e marchou a passos acelerados e ansiosos até ganhar a Rua Jabotinsky, no coração do bairro. Mais alguns metros e a Rua Tharzav já se apresentava à sua frente.

Desacelerou a caminhada ao avistar um incontável número de policiais cercando a área do edifício. Resolveu ignorá-los e tentou atravessar a região interditada sem dar satisfação.

Um jovem policial, forte e atarracado, observou-a de longe com os olhos atentos.

— Minha senhora, onde está indo?

— Perdoe-me, oficial – improvisou. Olhou para si mesma na tentativa de inventar uma desculpa convincente e acabou sendo salva pelo traje que vestia. – Sou enfermeira do Hospital Ichilov, para onde foi levado o morador do apartamento 101. Vim a pedido do Doutor Yakir Keshet apanhar alguns documentos para dar entrada na internação do paciente – completou, com a voz firme e o corpo tenso. Fechou os olhos e rezou para que o policial não prestasse atenção em suas mãos trêmulas.

— Está bem! Pode subir, mas não demore – ordenou, apontando na direção do portão ao fundo.

— Obrigada, oficial.

— Oficial? De onde essa mulher tirou isso? – resmungou o policial, virando-se de costas.

A penumbra dominava a entrada do prédio. Uma lâmpada acesa flutuava por sobre a escada, totalmente mergulhada no breu, e tentava, sem competência, clarear o caminho até o andar superior. Um cenário bélico desabou à frente de seus olhos assim que Judith se agachou e passou pela fita que isolava o apartamento de seu amado.

— Meu Deus! – deixou escapar, levando as mãos na altura do rosto e tapando a boca.

Uma teia cinzenta de madeira e pedras era tudo o que se via. Não restou nada para lembrar que um dia aquele cômodo mergulhado nas trevas havia sido uma casa.

Judith escalou os primeiros escombros com enorme dificuldade e cautela até alcançar o corredor e, como que por instinto, chegar ao quarto de Daniel. Ao lado do que parecia ter sido uma mesinha de cabeceira, pedaços e mais pedaços de tijolos, pretos como carvão, jaziam por sobre os destroços da cama. Calmamente, Judith foi retirando os blocos de cimento quebrados, os inúmeros pedaços de madeira e afastando as cinzas de cima do que restava da cama até descobrir intacto o envelope amarelo, próximo do piso, onde o fogo, por sorte, não havia chegado.

– Graças a Deus – disse, segurando-o entre os dedos.

Abriu-o com excessivo cuidado e retirou de lá de dentro um ramalhete de papéis, manchados pelo tempo. Duas palavras sugaram os olhos de Judith de imediato. Destacavam-se das demais pelo tamanho da fonte.

– O que é isso? – confusa, perguntou para si mesma. – Orfanato Yesher? – leu as tais palavras num sussurro.

VINTE E TRÊS

Tel Aviv, dias atuais

Uma garoa fina, intermitente e irritante deu as boas-vindas a Israel e abraçou o país inteiro naquela sexta-feira de céu cinzento, pegando todos de surpresa. Ao menos, o calor não estava de assar, o vento era refrescante e inquietava os galhos secos das árvores, felizes com a chuva que descia mansa. Benjamim saltou da cama cedo, por volta das 8 horas. Estava de folga e aproveitou o período da manhã daquele dia especial para abastecer o tanque do carro, calibrar os pneus e verificar os níveis de óleo e água. Tudo certo! Decidira viajar logo após o almoço, detestava qualquer tipo de afobação ou atraso. O trajeto de Jerusalém até Tel Aviv ele conhecia como a palma de sua mão, levava aproximadamente cinquenta minutos percorrendo uma estrada de asfalto excelente e visibilidade perfeita, mesmo em dias nublados. A ideia era chegar com bastante antecedência. Pretendia ligar para Laila assim que desembocasse na cidade e, quem sabe, ir ao show com ela. Desde que comprara o ingresso, no início da semana, embora fosse um fã incondicional da banda, os músicos do Slipknot ficaram às margens dos principais pensamentos de Benjamim. Laila preenchera quase todos eles. Algo lhe dizia claramente que ela desejava muito mais do que só a sua companhia. Talvez ele estivesse enxergando as coisas de maneira parcial e tudo aquilo não passasse de seus ardentes desejos ou de uma enganosa esperança. Mas era assim que ele preferia ver.

Benjamim voltou para casa perto da hora do almoço. Estava faminto.

Saíra às ruas pela manhã sem colocar nada no estômago. Mesmo assim, seu semblante mostrava uma felicidade além do habitual. Um sorriso largo permanecia estampado em seu rosto sem pedir descanso ou trégua. Seguiu cantarolando em direção ao seu quarto, pegou uma toalha de banho no armário e jogou-se embaixo do chuveiro.

Enquanto se vestia com uma calça jeans preta e uma camiseta do Amon Amarth, banda sueca de *Death Metal* com temática viking, sua preferida para shows, inclinou seus olhos para a janela e percebeu que a chuva havia apertado. Os grossos pingos arranhavam os vidros com força e rapidez.

Que bosta, pensou, reprovando o tempo com um balançar de cabeça.

Assim que se viu pronto, Benjamim desceu as escadas a todo vapor e dirigiu-se para a cozinha. A lasanha ainda estava no forno.

– Sente-se, querido! Está quase pronto – disse Menorah.

Benjamim assentiu erguendo o polegar e acomodou-se na cadeira de frente para o forno, como se fizesse uma pressão para a comida sair logo. Sobre a mesa havia uma tigela de salada, com tomates, folhas de mostarda, melão e orégano, e uma garrafa de Coca-Cola de 2 litros, sua bebida favorita. Após dez minutos intermináveis de espera, o forno apitou forte e a lasanha de berinjela ficou pronta.

Já era hora, pensou Benjamim, lambendo os beiços.

A enorme assadeira foi acomodada sobre o descanso de madeira disposto ao lado da salada. Benjamim engoliu a comida quase sem mastigar.

– Tenho que ir, mãe – disse, conferindo as horas em seu relógio de pulso. Eram 13h45.

– Já? Mas que horas começa esse show?

– Nove.

– E você precisa ir agora? – perguntou Menorah.

– Sim. Tenho coisas pra fazer lá.

– Em Tel Aviv?

– Não, mãe. No Afeganistão – debochou, com os lábios trêmulos.

– Engraçadinho! O que vai fazer em Tel Aviv até a hora do show, por exemplo?

– Encontrar-me com Laila.

– Aham. Agora está explicado! – disse Menorah, deixando escapar um sorriso e olhando na direção do filho com ternura. – Vá, Benjamim! Mas ligue quando chegar – sugeriu, acariciando a cabeça raspada do jovem.

– Pode deixar – confirmou, afastando a cadeira, que gritou o raspão de seus pés com o piso frio da cozinha. Benjamim despediu-se de sua mãe com um beijo no rosto e correu para o banheiro. Escovou os dentes, jogou uma ou duas peças de roupa numa mochila surrada e conferiu os bolsos: celular, carteira, chave do carro e ingresso. Estava tudo lá. *Hora de partir*, tal pensamento gotejou em sua mente como uma bica na montanha. Em dois saltos já estava chegando à garagem e entrando no carro. Benjamim girou a chave e o motor do Chery QQ ganhou vida.

Em poucos minutos, chegava à Autoestrada 1. Havia muitos veículos, mas o trânsito não chegava a parar. O tempo apresentava uma ligeira melhora, alguns pingos mansos insistiam em chuviscar sobre o para-brisa. A música *Before I Forget*, que certamente o Slipknot tocaria no show de mais tarde, chacoalhava os alto-falantes do carro. Por volta das 16 horas, Benjamim já dirigia pela orla da praia, a famosa Avenida Rehov Kaufman. O calor já havia dado o ar de sua graça, contudo o céu ainda se mostrava forrado de branco e cinza. Ele deu de ombros e seguiu na direção da Rua Wallenberg, serpenteando uma enorme sequência de curvas.

Passou pelo *Zappa Club* e continuou até a Rua Rockach Boulevard, onde estava localizado o *Exhibition Ground*, o maior centro de convenções e espetáculos da cidade, palco do Slipknot esta noite. O público esperado girava em torno de vinte mil pessoas e, sem fugir do óbvio, estacionar o carro nas redondezas não seria tarefa das mais fáceis. Benjamim abriu a janela lateral e um vento quente esbaforiu em seu rosto e invadiu o interior do veículo. Lembrou-se de ligar para sua mãe e avisar que já havia chegado a Tel Aviv. Ela atendeu no segundo toque.

Mãe é tudo igual, pensou, imaginando que Menorah deveria estar debruçada sobre o telefone aguardando a sua chamada. Benjamim mal conseguiu falar, ria sem pausas.

— Já cheguei, mãe — balbuciou, com a voz entre os dentes.

— Cuide-se, querido! — orientou, em tom de alívio. — Cuidado — completou.

— Tudo bem. Obrigado.

— Beijos, meu filho.

— Beijos — Benjamim despediu-se. Ao desligar o aparelho, ouviu um *bip* indicando que a bateria do celular estava no fim. Gelou ao pensar que seu encontro com Laila poderia sucumbir à pequena carga restante. Temia não vê-la. Resolveu ligar para Laila naquele mesmo instante. No entanto, ao teclar os primeiros números do celular de sua ex-namorada, o visor escureceu e um novo *bip* confirmou seus medos.

— Filho da puta! — gritou, a voz carregada de raiva. Inconformado e cabisbaixo, jogou o aparelho celular no banco traseiro do carro. — Não acredito! Justo agora? — esbaforiu novamente. Sabia que a chance de ver Laila havia diminuído drasticamente, talvez à porcentagem do acaso ou da sorte.

Um sol tímido se desenhou à frente de seus olhos enquanto Benjamim estacionava o Chery QQ na Givatayim, em frente ao teatro que leva o mesmo nome da rua, em reforma há mais de seis meses. Lembrou-se da época em que se arriscou na dramaturgia e frequentou as aulas do curso de interpretação, contação de histórias e Teatro de palhaço, indicação de sua professora de artes, a bela Elisa Sahif. Na época, Benjamim apaixonou-se duplamente. Primeiro pelas obras de Charles Chaplin. *Tempos Modernos* ainda é seu filme favorito e costumava assisti-lo com Laila, enquanto namoravam, uma ou duas vezes ao ano. Sua segunda paixão ficava por conta de Elisa, a ruiva de olhos verdes e seios fartos que povoou seus sonhos durante muitas e muitas noites.

A visão do mar fez Benjamim retornar seus pensamentos à realidade. Caminhou cabisbaixo e a passos brandos na direção do *McDonald's*. Pediu um *McFalafel*, uma batata e uma Coca. Sentou-se próximo à janela e desfrutou da paisagem enquanto comia. Ao contrário do início do dia, seu cenho se mostrava pálido e lúgubre. Mal conseguiu curtir as canções que tanto gostava, tampouco a *performance* daqueles homens mascarados que enlouqueceram a plateia durante as mais de duas horas de show. Ele estava lá, mas seu corpo parecia inerte, anestesiado, como se estivesse à espera de uma consulta médica. Seus olhos se desviavam do palco a cada segundo na tentativa em vão de encontrar Laila no meio da multidão. Nada!

Voltou a Jerusalém debaixo de uma aguaceira sem precedentes. Mas não era esse o líquido que o perturbava. As lágrimas que desabavam de seus olhos com a mesma intensidade da tempestade que caía do lado de fora do carro davam conta disso.

Naquela madrugada, em que não conseguiu pregar os olhos, após ter carregado a bateria do seu aparelho celular, uma sequência de *bips* martelaram sua paz e anunciaram a chegada de cinco torpedos. Sua caixa de mensagens estava lotada. Chorou ao ler as palavras que havia recebido, sem ter tido a chance de respondê-las.

Clicou no *Menu* e em seguida em *Ler Mensagens*. Seu coração foi à lona de imediato, como um lutador perdendo um cinturão por nocaute.

Benjamim, tentei te ligar, mas não consegui. Seu celular está na caixa postal. Me liga assim que receber esta mensagem. Quero ir ao show com vc. Bj.

Cadê vc?

Benja, por favor! Dê algum sinal de vida. Estou preocupada.

Querido, estou em frente à lanchonete. Venha me encontrar aqui. Bj.

Boa noite, Benjamim. Espero que tenha curtido o show.

Desesperado, passou o restante do sábado calado e tentando se perdoar. Não chegou nem perto disso, é claro!

Em Tel Aviv, a madrugada foi de eterno sofrimento. Laila deitou-se na cama, mas não conseguiu dormir. Passou a noite olhando para o teto e pensando em Benjamim. O show havia ficado em segundo plano desde que soubera que seu ex-namorado comprara o ingresso.

O que pode ter acontecido com ele? Essas palavras beliscaram sua mente durante todo o final de semana.

Será que ele não quer mais me ver? Tal indagação lhe trouxe lágrimas e inundou seus devaneios.

VINTE E QUATRO

Tel Aviv, dias atuais

O dia havia amanhecido coberto por uma névoa branca e fria. Menorah dormia no banco do carona enquanto Elad mantinha-se com as mãos presas ao volante, mas os pensamentos percorriam estradas bem longe daquele asfalto. Tentava a todo custo lembrar-se do sobrenome do doador de sêmen. O nome ele sabia de cor, não havia como esquecer. Era o mesmo de seu artista favorito, o pianista Daniel. Nascido no Uruguai em 1968, mesmo ano que ele, Daniel Florian chegou ainda criança a Israel, quase no fim da rebelião que levou Elad a viver boa parte da infância num orfanato. Quando jovem, seus pais adotivos o levavam em quase todas as apresentações do artista, inclusive em Cesareia, cidade que abriga as ruínas do Palácio de Herodes.

O carro já havia deixado Jerusalém para trás fazia cerca de trinta minutos e seguia em alta velocidade pela Autoestrada 1, totalmente vazia, na direção de Tel Aviv.

O destino era Neve Tzedek, o bairro dos artistas.

Se a sorte estivesse com o casal Raviv, encontrariam lá a morada do homem que anos atrás doara o sêmen para que Benjamim viesse a este mundo. Uma doação que custara a Elad praticamente os olhos da cara. Excedia o valor do Chery Face do ano, responsável por levar o casal a Tel Aviv. Uma das maiores paixões de Menorah, o *carrinho*, como costumava chamá-lo, fora desenvolvido pelos chineses e se alastrou pelo mundo como uma epidemia.

Num rompante, Elad imaginou-se na estrada com destino à sua juventude e à de Menorah. Um passado ausente de malícias e de escolhas igualmente inocentes e sem pesar consequências. Benjamim fora sonhado durante noites intermináveis e viera nesse período da vida do casal. Certamente, ele foi a melhor coisa que já lhes acontecera. Mas o filho, gerado com o sêmen de outro homem, trouxe na bagagem incontáveis desatinos.

De volta à Autoestrada 1, não demorou muito para que um enxame de arranha-céus se desenhasse ao fundo. Os hotéis à beira-mar surgiram logo em seguida, juntamente com o vento fresco da maresia. Eram 9 horas quando Elad e Menorah desembocaram na Avenida Rehov Kaufman, na orla da praia. O sol já fazia seus estragos. Era robusto e queimava sem piedade diante de um céu sem nuvens. Bom para os banhistas e surfistas que curtiam o lindo dia. Elad sentiu-se tentado a parar o carro e aproveitar a praia. Há anos não colocava os pés na areia, e como isso lhe fazia falta.

Um mês de descanso em casa não é nada comparado a um dia na praia, pensou, num sentimento de saudade. Desviou os olhos do volante inclinando-os na direção de Menorah. Ela continuava dormindo. Chegava a roncar baixinho, quase num sussurro. De repente, imaginou um diálogo com a esposa e, sorrindo, desistiu de qualquer tentativa de convite.

– Amor, vamos dar uma paradinha na praia?
– Elad, não inventa! Deixa-me dormir e dirija.

Seguiram na direção de Jaffa, região conhecida por sua riquíssima arquitetura faraônica. Levaram cerca de dez minutos para alcançar a Rua Nahum Goldman, repleta de curvas intermináveis e ladeiras íngremes, e que se estende até Neve Tzedek. Menorah girou o corpo ainda com os olhos cerrados e procurou a mão de Elad. Encontrou-a facilmente, assim como Elad, que, sem dificuldade, se viu diante da Rua Jabotinsky, no coração do bairro dos artistas, onde estacionou o carro.

– Querida, chegamos – anunciou, acariciando-lhe os cabelos.
– Onde? – ela balbuciou, num espasmo.
– No bairro do pai de Benjamim.
– Não fale assim, Elad! – Menorah bronqueou, abrindo os olhos.
– Está bem, meu amor! Chegamos ao bairro onde supostamente mora o filho da puta do doador de sêmen – corrigiu.
– Estou com vontade de desistir – ela sugeriu, com a voz trêmula.
– Menorah, nada disso! – ele exclamou, abrindo a porta do carro.
– E o que faremos agora? – ela perguntou.
– Procuramos o *bendito* – respondeu Elad, olhos injetados na sorveteria Anita. Suas lembranças começavam a cutucá-lo.

VINTE E CINCO

Tel Aviv, 1995

Judith retornou ao Hospital Ichilov por volta das 15 horas. O calor havia dado o ar da graça e os pacientes que aguardavam atendimento na recepção tentavam amenizar o bafo quente que dominava o salão com leques em punho ou até abanando os rostos com o uso de revistas, dispostas sobre as mesas de centro de cada setor. Judith contornou os corredores e subiu com rapidez ao sexto andar.

— Boa tarde, Stelar! — Orah cumprimentou, ao avistá-la.

— Boa tarde! Algum recado?

— O Doutor Yakir Keshet já ligou duas vezes perguntando por você. Ele está te aguardando na sala dele.

— Obrigada — agradeceu, seguindo em direção ao corredor. Parou no meio do caminho e deu meia-volta. — Orah, você sabe se os exames do Senhor Lebzinski ficaram prontos? — perguntou, com a voz entrecortada e ansiosa.

— Parece que sim — confirmou, erguendo as sobrancelhas, como num palpite. — Entre! — sussurrou, logo em seguida.

Judith arfou demonstrando enorme cansaço e seguiu a passos fraquejados até a sala do médico. A porta estava aberta. Antes de entrar, deu uma espiada de esguelha como se estudasse a situação. Era um consultório pequeno para os padrões do hospital. As paredes se mostravam pintadas de amarelo bem claro, exceção feita ao teto, impecavelmente branco e moldado a gesso. Uma janela escancarada ao fundo mantinha o ambiente refrescante. Difícil imaginar que mesmo há anos trabalhando naquele hospital ainda não conhecia todas as suas dependências. Aquele era um bom exemplo, nunca havia estado ali. Ela finalmente tomou coragem, entrando no cômodo. Sentou-se na primeira cadeira. Entre Judith e a janela, uma mesa retangular se apresentava com um computador, um aparelho telefônico tão antigo que deveria ter sido colocado ali poucos anos depois de Cristo, e inúmeros papéis espalhados de maneira totalmente desorganizada, que lutavam centímetro a centímetro por espaço. Havia ainda no canto esquerdo da mesa, próximo à parede, um porta-retrato com o Doutor Yakir Keshet bem mais jovem, uma mulher de cabelos loiros ondulados e olhos verdes carregando um bebê em seu colo.

Sua mulher e seu filho, arriscou, em pensamento.

À sua direita, uma maca com um lençol azul-celeste se achava recostada à parede. Uma pia seguida de uma porta, que imaginou ser um lavabo, completavam a mobília.

– Olá, Stelar, como vai? – perguntou o médico, rompendo a sala.

Judith se assustou com a voz grossa e repentina que atingiu seus ouvidos e se agitou num sobressalto.

– Bem – respondeu, de maneira tímida e colocando-se de pé para cumprimentá-lo.

– O seu amigo foi levado à enfermaria e está dormindo. Pensei que gostaria de acompanhá-lo bem de perto, por isso eu mesmo o levei até lá.

– Obrigado, Doutor. Os exames já ficaram prontos?

– Sim.

– E?

– Sente-se, Judith. A coisa é bem séria – disse o neurologista, com a voz suave.

– Ai, meu Deus! – desabafou, num sussurro, à espera do pior.

– Eu preciso de alguém da família dele.

– Pra quê, Doutor?

– Para dar o diagnóstico.

– Não conheço ninguém da família dele. Talvez eu seja a pessoa mais próxima do Senhor Lebzinski nos últimos anos.

– Está bem! Preencha este formulário. – O médico retirou duas folhas de dentro da gaveta atrás de sua mesa e as ofereceu a Judith. Apanhou uma caneta do bolso de seu jaleco branco e colocou-a sobre os papéis. Ela correu os olhos pelo formulário à sua frente e completou as lacunas com a mesma rapidez que uma criança astuta desenharia uma árvore.

– Pronto – disse, com os olhos injetados no rosto do médico.

O Doutor Yakir Keshet era um homem alto, com cabelos grisalhos divididos ao meio e usava óculos do tipo fundo de garrafa. Havia se graduado em Israel e cursado mestrado e doutorado na Espanha.

– Judith, não posso afirmar com certeza absoluta, porque, antes de dar o diagnóstico final de seu amigo, será preciso tratá-lo de uma profunda depressão, que pode tanto mascarar quanto ocasionar as dificuldades cognitivas que ele tem apresentado. Mas...

– Mas... O quê? Diga logo, Doutor! – Judith se ouviu dizendo.

– Eu acredito que seu amigo está sofrendo do Mal de Alzheimer – sussurrou o médico.

– Doutor, não pode ser! Ele está muito longe dos 65 anos de idade – Judith interveio.

– Eu sei disso, Stelar. Por essa razão que não dei certeza. Talvez ele esteja sofrendo de uma depressão profunda e todos esses danos em sua memória sejam um resultado disso. Mas já adianto que... – uma pausa, seguida de uma respiração profunda. – Com toda a minha experiência... – mais um silêncio. – É mais provável que ele esteja mesmo com Alzheimer.

– E isso é possível?

– Não é muito comum, mas é possível. Cerca de 4% da população que sofre com a doença é diagnosticada com o que chamamos de "Demência Precoce". O paciente mais novo de que temos conhecimento é um jovem de 46 anos, já falecido, cujos primeiros sintomas tiveram início e se desenvolveram poucos meses depois de ele ter completado 30 anos. Ele foi portador de uma mutação no gene Presenilina 1 (PS1), localizado nos cromossomos 14 e 21. Esses genes são os maiores transmissores autossômicos nos casos de Doença de Alzheimer com início precoce.

– Ainda não compreendo, Doutor. O Mal de Alzheimer não é uma doença senil? – perguntou Judith, com os olhos marejados e avermelhados.

– Sem dúvida. Mas a nossa vida é repleta de mistérios e em algumas pessoas a senilidade se mostra muito mais cedo do que imaginamos – respondeu o médico.

– E qual é a causa dessa doença? – sua voz aparentava desespero.

— A Doença de Alzheimer é causada por uma proteína, um peptídeo conhecido como *beta-amiloide*, que se instala entre os neurônios cerebrais impedindo que eles troquem informações, o que costumamos chamar de sinapses. Os neurônios perdem sua função e aos poucos vão morrendo, assim como as funções cognitivas e executivas do indivíduo.

— Doutor, eu estou em pânico! Não sei o que devo fazer. Minha mente foi mergulhada num enorme branco!

— Tenha calma, Stelar. Você está passando pelo mesmo que milhares de famílias em todo o planeta. Talvez o maior branco de toda essa situação não seja referente ao paciente e seus constantes hiatos de memória. Provavelmente ele esteja mais ligado às dúvidas dos familiares e amigos quanto ao que fazer e aos cuidados com o ente em questão. Não existe fórmula mágica – completou.

— Mas onde ele irá morar? Ele não pode ficar sozinho – disse Judith, após longos minutos em silêncio.

— O Hospital Ichilov conta com uma equipe de primeira linha no assunto. Nós cuidaremos de tudo, Stelar. Existe um programa experimental no oitavo andar que oferece residência para casos como o do Senhor Lebzinski. Mas não funciona nos finais de semana. O que acha? Podemos encaminhá-lo para o programa?

O telefone da sala tocou quebrando um novo período de silêncio. Judith estava exausta. Sua mente não conseguia pensar em nada melhor do que aceitar a proposta do médico.

— Um instante – o Doutor Yakir Keshet sussurrou, olhando na direção de Judith e atendendo ao telefone.

— Pede para ele aguardar mais cinco minutos, Orah. Obrigado!

— Então? – lançou a pergunta para Judith.

Ela apenas assentiu sacudindo a cabeça positivamente. Precisava sair daquela sala o quanto antes e refletir sobre tudo o que havia escutado. Sentia-se como numa embriaguez, tonta e prestes a cair. Pelo menos poderia vê-lo todos os dias e acompanhar de perto seu tratamento.

Se é que existe algum tipo de tratamento para esta doença, pensou, de maneira pessimista.

— Existe tratamento, Doutor? – resolveu tirar a limpo a dúvida que já consumia sua mente, afogada na tristeza.

— O Mal de Alzheimer é extremamente complicado e complexo. Não existe um antídoto ou uma vacina capaz de curá-lo ou preveni-lo. Portanto, os tratamentos mais modernos e disponíveis para a doença focam em auxiliar o paciente a manter as suas funções mentais o maior tempo possível e em controlar os sintomas de comportamento que vão aparecendo e se desenvolvendo. Há alguns medicamentos aprovados que funcionam como reguladores desses sintomas comportamentais e que ajudam na transmissão de mensagens entre os neurônios, visando à manutenção do raciocínio, da memória e da capacidade de fala. Claro, dependendo de cada caso e do estágio em que o paciente se encontra. Eles se mostram benéficos durante alguns meses ou até anos, mas não são capazes de alterar o processo – explicou o médico.

— Esses remédios são caros? – perguntou Judith.

— O governo oferece esses medicamentos gratuitamente. No caso dele, assim que tivermos uma resposta da psiquiatria e da psicologia quanto à suspeita da depressão, entraremos com a *Donepezila*, usada em casos de demência precoce e estágios severos da doença.

— Obrigada, Doutor!

— Não foi nada, Stelar. Estou à disposição para o que precisar. Leve meu cartão. – O médico retirou do bolso do jaleco um pequeno papel com forma retangular, contendo seu nome, e-mail e contatos telefônicos, e estendeu a mão para Judith.

— Até logo! – disse, segurando o cartão entre os dedos. Em seguida, deu-lhe as costas e deixou a sala.

Aos poucos, enquanto caminhava na direção da enfermaria, foi consumida por um enorme desejo de estar com Daniel, exatamente como a lua, que faz da Terra sua companheira quando a noite cai.

VINTE E SEIS

Jerusalém, dias atuais

Elad estacionou o carro na frente de casa ao final do dia, logo após ver frustrada a tentativa de encontrar o homem que doara, por uma enorme quantia de dinheiro, diga-se de passagem, o sêmen para gerar seu filho, Benjamim. Menorah veio dormindo durante todo o trajeto, como de costume. Era só entrar num meio de transporte, e entende-se esse tipo de veículo como automóveis, motocicletas, ônibus, navios, barcos, trens, bicicletas, monociclos e patins, que suas pálpebras se mostravam pesadas demais e manter os olhos abertos se tornava uma tarefa das mais impossíveis.

Toda a vida foi assim. Durante o casamento dos dois, na basílica da Anunciação, região da Galileia e local que abriga a casa de pedra de Maria e a carpintaria de José, e onde o anjo Gabriel apareceu a ela e anunciou a chegada de Jesus, Menorah teve que retocar a maquiagem na calçada, ao lado de um mercado de frutas, por ter dado, segundo ela mesma, uma leve cochilada na limousine que a conduzia até a igreja. O mesmo aconteceu quando os recém-casados deixaram a basílica rumo ao Hotel Feronya para a noite de núpcias. Elad a carregou no colo até o chalé, não por ser romântico ou se tratar de um ato de cavalheirismo pós-matrimônio, mas porque sua esposa estava mergulhada, para não dizer desmaiada, num sono tão profundo quanto um vulcão desativado.

O cansaço da viagem havia se acomodado em seus ossos desde que Elad iniciara uma extensa caminhada pelo bairro de Neve Tzedek, em Tel Aviv, ao lado de Menorah, à procura de Daniel, cujo sobrenome não ocupava nenhuma prateleira na biblioteca de sua memória. Além da exaustão, um sentimento de tristeza e impotência por não o ter encontrado o golpeava forte como um punhal estocado em seu coração. Elad havia prometido a si mesmo que traria o pai biológico de Benjamim a sua casa e com isso, dentro de seus instintos e devaneios, esperava resgatar a confiança junto ao filho e estabelecer com ele uma nova e pura relação de intimidade. Suas lágrimas e o inchaço nos olhos indicavam que tudo ficaria na mesma, a quilômetros de distância, exatamente como a estrada que o trouxe de volta a Jerusalém sem a missão cumprida. Com Menorah em seus braços, entrou em casa e mal conseguiu encarar Benjamim, que jazia largado no sofá com o controle remoto em mãos e os olhos vidrados na partida de voleibol que passava no canal de esportes local. Perguntava-se em pensamento se era um bom pai ou se não passava de um homem inútil que mantinha economicamente um lar e a maestria em afastar as pessoas. Nada, além disso.

Nem meu filho eu consegui gerar, outro raio atravessou sua mente e sua quietude mais uma vez fora roubada.

— Está tudo bem? — perguntou Benjamim, sem entusiasmo.

— Sua mãe dormiu no carro, não se preocupe — respondeu Elad, com a voz ofegante enquanto subia as escadas. — Eu já desço — completou.

Assim que deixou Menorah deitada sobre a cama e a cobriu, um enorme terror feriu o pouco do que restava de tranquilidade presente em seu interior, levando seus pés a se retesarem ainda na saída do quarto. Em seguida, uma forte pontada no peito quase o fez desistir ao pisar no primeiro degrau da escada, cujo destino era o encontro do filho no andar de baixo. Resolveu encarar o gosto amargo do medo e conversar com Benjamim de maneira franca. Sentou-se ao lado do filho, pedindo que desligasse o televisor. A luz do abajur era branda, não era capaz de iluminar o ambiente de maneira completa. Elad não conseguia enxergar os olhos do jovem com total nitidez. Não sabia se lamentava tal ausência ou se agradecia. Arfou com cuidado e fitou o teto, como se lá estivessem escritas as palavras mais coerentes para iniciar o diálogo.

— Como vão as procuras por seu pai? — Elad tomou coragem.

— Já tive vários progressos, mas parece que agora estou estagnado.

— Sabe, Benja... — uma pausa. — Hoje eu e sua mãe estivemos em Neve Tzedek para tentar lhe ajudar. Minha intenção, já que sua mãe nunca soube quem lhe doara o sêmen, era trazer este homem aqui para te conhecer, mas, infelizmente, não o encontrei. Sua mãe e eu reviramos o bairro, olhamos de casa em casa, perguntamos a inúmeras pessoas, mas ninguém foi capaz de dar uma pista sequer sobre o paradeiro desse sujeito. Desculpe-me, de seu pai — corrigiu, com sinceridade.

– Questionamos a respeito de seu sobrenome, mas nem isso os moradores de lá foram capazes de se lembrar, já que o documento que possuo está manchado justamente nessa parte, logo após o nome.

– O que você está querendo me dizer? Você esteve em Neve Tzedek para tentar encontrar o meu pai biológico e trazê-lo aqui para me conhecer?

– Isso mesmo, Benja. Mas eu falhei. Nem o sobrenome dele eu consegui.

– O nome dele você sabe? – perguntou Benjamim, com a voz baixa, mas ansiosa.

– Sim. É Daniel.

O rosto de Benjamim se desmanchou num largo sorriso. Os olhos umedecidos miravam o vazio e, antes de se colocar de pé, balançou a cabeça como se não acreditasse no que acabara de ouvir. Agora ele sabia a identidade exata de seu pai biológico.

Daniel Lebzinski, leu em seu pensamento.

– Eu sei.

– O quê, Benja? – perguntou Elad, a voz assustada ao olhar o filho se erguer num sobressalto.

– O sobrenome dele.

– De Daniel?

– Sim.

– E qual é?

– Lebzinski. O nome dele é Daniel Lebzinski.

Sem medir o que aquela informação poderia lhe custar, Elad colocou-se em pé e acomodou o rosto do filho em seu peito, num abraço gracioso.

– Benja, fico feliz em ter lhe ajudado de alguma forma – disse, com a voz trêmula e receosa.

– Ajudou-me bastante, Elad – concordou Benjamim.

– Do que você me chamou? – perguntou, em voz baixa, quase num sussurro, ao filho que já havia se desvencilhado de seus braços e seguido a passos sortudos à beira da escada. – Aonde vai, filho? – bradou, com a voz quase em prantos.

– Apanhar meu celular no quarto. Preciso mandar dois torpedos, um para Laila e outro para Allen – anunciou o jovem, num sussurro arrastado, tão logo inclinou seu olhar na direção de Elad.

– Filho, quando terminar, vamos jogar uma partida de xadrez?

– Hoje não – Benjamim respondeu, de imediato, desaparecendo no momento seguinte em meio à penumbra da escada.

Elad engoliu em seco a consternação e o sofrimento do abandono momentâneo. Cerrou os olhos e lembrou-se de quando Benjamim ainda era pequeno e do dia que lhe entregou de presente um tabuleiro de xadrez. Explicou, noite após noite, as regras e os truques do jogo, com exímia paciência, por incontáveis meses. Aos 13 anos de idade, Benjamim tornou-se campeão mirim da olimpíada escolar na modalidade. Não foi capaz de enumerar outro momento tão ímpar, tão feliz, em seu relacionamento com o filho. Mas, naquela noite de calor intenso, embora tenha acidentalmente ajudado Benjamim na tarefa de encontrar seu pai biológico, mesmo com uma sensação de redenção banhando seu peito, Elad sentia-se desprotegido e vulnerável, como se tivesse perdido a *Torre* que sustentava seus domínios e protegia o *Rei*. O *xeque--mate* era mais do que visível. Era inevitável.

VINTE E SETE

Tel Aviv, naquele mesmo instante

O silêncio imperava na cozinha, maior e mais aconchegante cômodo da casa. O piso era coberto por ladrilhos frios, sempre encerados e brilhantes. Os móveis eram novos, brancos como os armários que abraçavam todo o ambiente. No centro havia uma mesa de madeira e três cadeiras, acomodadas em frente ao refrigerador e ao fogão. A luz era forte e contrastava com a penumbra da sala, cuja iluminação ficava por conta das cores dançantes do televisor ligado, sem som. Judith e Allen permaneciam calados desde o início da noite, atenção voltada ao desjejum, um lanche simples contendo pães de queijo, bolo de nozes, homus, tabule e suco de ervas verdes. O único som que podia se ouvir era o tamborilar dos talheres beliscando os pratos de porcelana japonesa, presente de Daniel, pouco antes de sua partida para Veneza. Na ocasião, Judith gozava de seu período de férias e encontrava-se diariamente com o amado, que nunca se mostrou incomodado por assisti-la financeiramente no que fosse necessário.

– O que você pretende fazer esta noite? – Judith perguntou, quebrando o longo silêncio, num sopro.

– Ainda não sei, mãe – Allen respondeu, de imediato, a voz presa entre uma mastigada e outra. – O bolo está delicioso! – completou, servindo-se de mais um robusto pedaço.

– Que bom que gostou, meu filho.

– Adorei – disse.

Judith pousou os olhos na direção de seu prato, vazio e brilhante. Algumas poucas migalhas de pão salpicadas a esmo pela porcelana se apresentavam por sobre ele, tal como as estrelas costumam repousar no céu israelense, sobretudo durante a primavera.

Ela avistou a si mesma. Não gostou do que viu. Aquele segredo com o qual convivia há décadas a consumia como se estivesse em estado febril permanente, roubando-lhe sem piedade a energia de seu corpo e a paz. Sentia-se a pior mãe do mundo. Por conta desse segredo, que guardava a sete chaves no baú de seu coração em pedaços, um hiato do tamanho do Deserto da Judeia se instalou entre ela e seu filho. Eles se davam bem, sabia disso! Mas aquele dilema crescera como uma ferida ardente e pulsante e de difícil cicatrização. Não podia mais suportar isso. Sabia que a hora havia chegado. Judith, enfim, encheu seu peito de ar e desatou a falar.

— Filho, preste atenção! Há algo que você precisa saber. Na verdade, acho que já passou até da hora. É sobre seu pai.

— O quê? — murmurou Allen, com a voz trêmula e imprecisa. Um frio gélido e forte martelou seu estômago, como num soco.

Será mesmo que eu quero saber quem é meu pai? Sim, mas é claro!, tais pensamentos atravessaram sua mente receosa numa fração de segundos.

Allen arregalou os olhos e inclinou seu corpo para a frente até seu peito tocar a mesa, num sinal de concentração. Seu cenho era tenso, não havia como ser diferente. Ele se encontrava a poucos minutos de descobrir quem era seu pai.

— Allen, há muito tempo eu tive um relacionamento sólido com uma pessoa, mas nós nunca nos casamos. Nem sequer cogitamos isso. Esse homem, por quem eu ainda sou apaixonada, ajudou-me a te criar, mesmo de longe. Ele também não sabe que você é filho dele, porque viajou para Veneza na mesma época em que eu descobri que estava grávida de você. Eu não lhe contei para não atrapalhar seus planos, tampouco interferir em seus sonhos de viver da pintura. Os meses se passaram, os anos vieram e se foram e este segredo permaneceu guardado só comigo. Ficou preso dentro de mim como uma penitência com a qual eu aprendi a lidar. — Judith fez uma pausa, apanhou o copo de suco disposto sobre a mesa e o levou à boca. Bebericou um gole, num movimento lento, único e trepidante. Parecia um descanso para escolher melhor as palavras que diria a seguir. Suas mãos suavam, mas se mostravam frias como a neve que tinge Tel Aviv de branco todo mês de janeiro.

Dois *bips* agudos e estridentes puderam ser ouvidos e romperam o novo silêncio, que havia se instalado no cômodo naquele curto espaço de tempo. Eles assustaram Allen, num sobressalto.

– É meu celular – ele disse, sem se mover.

– Atenda, meu filho.

– Não quero!

– Pode ser importante – Judith alertou. Sua voz parecia mais calma, a respiração ainda se apresentava de maneira ofegante.

– Nada me parece mais importante do que finalmente descobrir quem é meu pai – comentou sorrindo. – Mas, como eu sou muito curioso, porque você me fez assim, vou ver o que é – completou, relaxando os músculos da face.

Uma pequena curva se desenhou nos lábios de Judith enquanto Allen colocava a mão no bolso da calça e tirava de lá seu telefone celular. Era uma mensagem de Benjamim. Ele clicou no botão *Ok* em *Ver Mensagem* e seu rosto se empalideceu de imediato.

– Allen, o que foi? – perguntou Judith, assustando-se com o semblante no rosto do filho.

Ele permaneceu calado, imóvel e com os lábios brancos, feito os móveis da cozinha.

– Estou muito feliz, mas extremamente surpreso! – enfim, balbuciou.

As palavras saíram arrastadas de sua garganta seca.

– Diga-me o que é! Você está pálido! É muito grave?

A esta altura o foco da conversa já havia se desviado completamente e Judith esqueceu, mesmo que por alguns instantes, que estava prestes a dividir com Allen seu maior e mais torturante segredo.

– Sabe aquele jovem que eu conheci recentemente? – uma pausa. – Eu cheguei a trazê-lo aqui em casa, você se lembra?

– Sim, mas é claro! O que tem ele?

– É uma longa história. Quer ouvir?

Judith assentiu com um gesto de cabeça.

– Há meses ele descobriu que seu pai de criação é estéril e que ele é filho de um doador de sêmen, cuja identidade era desconhecida.

– E...

— Ele acaba de me mandar um torpedo dizendo ter descoberto o nome de seu pai biológico, ou melhor, do homem que doou o sêmen para a realização da inseminação artificial. E adivinhe quem é? – Allen perguntou, inclinando seus olhos na direção de sua mãe.

— Daniel Lebzinski – Judith arriscou, com a voz trêmula e incerta. Sua pele se achava branca, quase translúcida.

— Sim, mas como você sabe? – ele argumentou, surpreso.

Um vento morno soprou vindo da janela da sala e agitou os cabelos de Judith, que permaneceu calada por um bom tempo. Não sabia o que responder ao filho.

— Mãe, o que está acontecendo?

— Filho, eu não sei a maneira mais correta de te dizer isso, sobretudo depois desse torpedo. Pois então, vou ser direta e objetiva.

Os olhos de Allen se apresentavam vermelhos e umedecidos.

— Por favor, mãe! Conte-me logo – ele sussurrou, numa súplica.

— Você e Benjamim são irmãos por parte de pai – Judith balbuciou, num sopro.

— O que disse?

— Daniel Lebzinski é seu pai – completou, respirando com alívio.

Lágrimas se soltaram dos olhos de Allen e escorregaram de maneira tranquila por toda a extensão de sua face. Ele fitou o chão, brilhante como o sorriso que se descobriu por entre seus lábios secos.

— Benjamim, meu irmão? – deixou escapar tais palavras em voz baixa.

— Allen, você está bem?

— Mãe, eu estou ótimo! Feliz, quero dizer. Acabo de descobrir que um dos meus melhores amigos é meu pai, e que outro, mesmo conhecendo não faz muito tempo, é meu irmão. Como você queria que eu me sentisse?

Judith esboçou um largo sorriso, colocou-se de pé e caminhou a passos cautelosos na direção do filho. Ofereceu-lhe um forte abraço e logo em seguida caiu em prantos.

— Eu te amo, meu filho! Perdoe-me por todo esse tempo.

— Eu também amo você. Não se preocupe, mãe, eu estou pra lá de bem – disse, levantando-se da mesa, o celular na ponta dos dedos.

– Aonde você vai?
– Marcar um encontro – respondeu, aos risos.
– Posso saber com quem? – Judith perguntou, de soslaio.
– Com meu irmão – ele disse, deixando a cozinha.

VINTE E OITO

Nazaré, 1995

Enquanto a estrada com destino a Nazaré passava por seus olhos, a mente de Judith passeava de maneira lúgubre pela última semana, que havia se arrastado em meio a numerosos contratempos. O doador de sêmen alternara bons e maus momentos e ela, por incontáveis vezes, fora chamada pelo Doutor Yakir Keshet para acompanhá-lo de perto. Toda essa instabilidade pela qual ele figurava era creditada à falência do hipocampo e a uma flutuação das redes neurais, acreditava o médico, que fazia questão de deixar Judith a par de qualquer situação. O certo era que Daniel havia tido uma queda funcional das mais cavalares, com direito a gritos noturnos, a fixação por colecionar papéis picados e guardá-los nos bolsos e pela ilusão de que seu pai, já falecido há muito tempo, conversava com ele em seu quarto enquanto todos se colocavam para dormir. Mas o pior para Judith foi presenciar o amado durante o jantar de quinta-feira. Na ocasião, Daniel provocara inúmeros ferimentos em suas próprias mãos ao golpear uma sequência de garfadas sobre os dedos, arrancando-lhe sangue, gritos e, por incrível que possa parecer, risos. O chacoalhar do ônibus a trouxe de volta à realidade e um hiato em seus devaneios. Judith cerrou os olhos por um instante e lembrou-se, de súbito, das palavras do médico quando o procurou chorando em desespero, logo após auxiliar a equipe de enfermeiras locais a estancar o sangue que escorria sem tréguas da pele de seu amado:

– *Judith, ainda não sabemos o motivo de isso acontecer, mas os estudos e registros nos mostram que todas as pessoas acometidas pelo Mal de Alzheimer, em algum momento do desenvolvimento da doença, passam por um ensejo agressivo. Acreditamos que o Senhor Lebzinski esteja atravessando essa fase.*

O sol havia se posto atrás da Igreja da Anunciação, aos pés da cidade de Nazaré, local onde o Arcanjo Gabriel apareceu a Maria para lhe sibilar um pedido de Deus, o de conceber o filho d'Ele, Jesus. Nesse mesmo complexo encontravam-se a casa onde Maria viveu e a carpintaria de José. A noite já dava sinais de vida quando Judith desceu do ônibus em frente à Praça *Peresen*, entre uma feira de frutas e verduras, um galpão escuro e úmido, a uma quadra de um posto policial, e uma ladeira estreita e íngreme, que se estendia até beijar os portões da igreja, construída por Helena, mãe de Constantino, e que correspondia ao maior templo católico de todo o Oriente. A passos cansados, Judith contornou a praça e seguiu pela Rua Hazikaran, perdida na sombra entre as folhagens, levando os documentos de Daniel em uma das mãos e o próprio amado apoiado na outra. Ainda no breu, conferiu o endereço correndo os olhos pelos documentos e rompeu a Rua Vajekaran, à direita, com as pernas pedindo trégua. Encravado no coração da cidade, um casarão de aspecto abandonado se precipitou à frente de seus pés doloridos.

Num súbito, seus olhos falharam ao se acharem diante de grades enferrujadas e paredes pintadas a musgo. Suspirou satisfeita e inclinou os olhos na direção de Daniel. Seu rosto tomou forma, cor e vida de imediato. Os lábios que acordaram e atravessaram todo o dia de maneira pálida agora eram úmidos e vermelhos. Era mais do que óbvio para Judith que seu amado carregava dentro de si uma recordação daquele lugarejo, o que lhe proporcionou grande emoção. Aliás, o Doutor Yakir Keshet havia dito que os sentimentos são fortes combustíveis para a minimização das perdas de memória.

A lágrima que Judith testemunhou escorrer pelo rosto flácido de Daniel só vinha a confirmar isso. Um rapaz de pele morena, nariz pontiagudo e volumoso estava regando o jardim, em frente à casa. Diferente dela, o gramado se apresentava milimetricamente aparado e as flores matematicamente bem cuidadas. Seus cabelos eram do tipo Rastafári e escorriam até a altura dos ombros. Fazia muito calor e seus trajes se resumiam a sandálias de dedo e uma bermuda. Havia um menino ao seu lado, magricela, de traços finos, olhar vazio e cabelos curtos. Daniel soltou-se de Judith e, com os olhos injetados na direção do rapaz, disse, com a voz trêmula:

— Filho?

Judith foi pega pelo susto e, num movimento brusco e único, segurou o braço do amado. Aquele jovem Rastafári não era seu filho e ela temeu que as confusões de sua mente, adormecidas durante todo o dia, houvessem despertado. Ela nunca podia imaginar que Daniel sempre chamara o filho de seu falecido irmão dessa maneira. O seu amor por ele era grande a tal ponto. E aquele gesto, na verdade, representava um lapso de recordação de sua mente em processo de demência. Um fato a se comemorar.

– Tio Daniel – respondeu o rapaz, abrindo o portão, que rangeu alto como o grito de uma garça. Um abraço apertado seguido de lágrimas fizeram Judith parar e se afastar alguns passos.

– Shuki, dê um abraço em seu padrinho! Venha – ele sugeriu ao seu ajudante.

Judith respirou fundo e relaxou. Percebeu, enfim, que Daniel estava em casa.

– Olá – disse o rapaz, oferecendo sua mão a Judith. Meu nome é Dedeh Lebzinski, mas pode me chamar de Rasta ou Rastafári.

– Muito prazer, Dedeh. Eu sou Judith Stelar e, como estou a uma boa distância da juventude, prefiro chamá-lo pelo nome.

– Como quiser. Eu sei quem você é, Senhora Stelar – afirmou.

– Vamos entrar!

A primeira sala cheirava a cebola, mas aparentava estar limpa e bem arejada. Havia quatro grandes mesas de madeira com trinta cadeiras ao redor de cada uma delas. Mais adiante, após um longo corredor mergulhado na penumbra, uma antessala se abria em cinco portas, dispostas de maneira circular. Uma delas mostrava uma escada que descia e dava acesso ao escritório, à cozinha, aos banheiros e ao quintal dos fundos. As outras portas abrigavam os quartos. Outra escadaria subia até o sótão e dava acesso a um único e pequeno cômodo, onde Dedeh e sua esposa se deitavam no calar da madrugada. As crianças brincavam com uma bola ao ar livre. Acesnof Lebzinski, uma moça de cabelos curtos, pele esbranquiçada, olhos verdes protuberantes e semblante amistoso, os assistia por meio de olhares atentos.

– Isso tudo foi ideia do meu pai – disse Dedeh a Judith, encantada com o que via.

Ela apenas assentia com um largo sorriso estampado no rosto. Sabia que, se alguma palavra escapulisse de seus lábios apertados, não encontraria forças para segurar as lágrimas.

— Assim que meu pai faleceu daquela estranha doença, que lhe tirou tudo antes mesmo de respirar pela última vez, meu tio e eu achamos que estava na hora de montarmos o Orfanato Yesher e resolvemos fazê-lo aqui. Desde então, com o financiamento do tio Daniel e a minha disposição em ver realizado o sonho de meu pai, tentamos proporcionar uma vida e um futuro melhor a essas pobres e inocentes criaturas.

— Onde estão os pais destas crianças? — perguntou Judith, a voz engasgada e trêmula.

— Em sua grande maioria, mortos! Alguns estão presos e sem condições para cuidar delas de maneira digna e outros tantos as rejeitaram — respondeu Dedeh.

— E como elas vêm parar aqui?

— Temos parceria com o governo, com escolas e com o SNA, Sistema Nacional de Adoção. O governo nos indica a criança e nós a abrigamos, matriculamos e acompanhamos seu aproveitamento em uma de nossas escolas parceiras e acionamos o SNA, que procura pais em potencial para adotá-las.

— Que trabalho lindo! — exclamou Judith, envolvendo Daniel em seus braços.

— É feito com muito amor. E, claro, com o dinheiro de meu tio. Sem ele não haveria nada disso — exprimiu Dedeh, os olhos marejados e avermelhados.

— Quantas crianças vocês têm aqui hoje?

— Vocês não, nós! Creio que fará parte disso a partir de agora, não é? Meu tio sempre me disse que, quando a trouxesse para cá, seria para sempre. Creio que ele sabia que mais cedo ou mais tarde desenvolveria a mesma doença que matou meu pai.

— Sim. Eu já faço parte — sussurrou Judith, a voz entre os dentes e as lágrimas escorrendo por sua face corada.

— Ótimo! Então, nós cuidamos atualmente de 102 crianças. A propósito, eu já coloquei uma cama extra em meu quarto. É lá que meu tio irá ficar durante os finais de semana.

VINTE E NOVE

Tel Aviv, dias atuais

Laila despediu-se da Senhora Yvone Nelana, sua última paciente daquele sábado de céu encoberto, e jogou-se na cadeira de sua sala, um cômodo amplo, arejado e bem iluminado, que cheirava a desinfetante e brilhava feito cristal. Soltou os ombros, as costas e uma longa respiração, que traduziu o cansaço do dia de trabalho que lhe pareceu interminável. Sentiu-se feliz pelos minutos que se seguiram, seu corpo imóvel pregado à cadeira e a mente ausente de pensamentos. Num súbito, a saudade atingiu seu peito a marteladas. Lembrou-se de Benjamim e do torpedo que havia recebido na noite anterior e que não tivera tempo para responder. Na verdade, Laila apenas correu os olhos por sobre a mensagem, assim que a recebeu, mas não conseguiu dar a mínima atenção ao significado de suas palavras.

Agora, com absoluta calma e tranquilidade, e com o restante do final de semana para dedicar-se a ela, podia, enfim, responder ao amado com o carinho que ele merecia e a situação exigia. Apanhou o celular, que descansava no bolso de seu avental branco, clicou em *Mensagens Recebidas*, selecionou o nome de Benjamim. Em seguida, pressionou a opção *Ver Mensagem* e uma tela azulada e cheia de letras despontou diante de sua visão. O rosto de Laila exibiu um largo sorriso, enquanto seus olhos, agora atentos, juntavam aquelas palavras, pela segunda vez.

Aconteceu algo incrível e inesperado.
Descobri o nome do meu pai.
Daniel Lebzinski.
Estou muito feliz.
Abraços, Benjamim.

Uma lágrima de alegria, talvez de arrependimento por ter terminado o namoro com Benjamim justamente por causa da incessante procura pela identidade de seu pai biológico, escapou de cada um de seus olhos e deslizou por toda a extensão de sua face corada. Sabia o quanto aquele nome era importante ao ex-namorado. Decidiu não responder à mensagem com muito entusiasmo. Queria lhe fazer uma surpresa! Resolveu ir a Jerusalém, bater na porta de sua casa e dar-lhe um abraço. Quem sabe até reatar o relacionamento com Benjamim, o único homem que amou em toda sua vida e cuja ausência em seu dia a dia lhe trazia um vazio assustador que a apavorava todas as noites, geralmente maldormidas. Chegou em casa correndo, passou pelo chuveiro, separou umas roupas jogando-as de qualquer jeito dentro de sua mochila, repleta de *patchs* de bandas de heavy metal, e, antes de sair, deixou um bilhete à sua tia Eliora avisando-a de que passaria o final de semana com seus pais em Jerusalém.

Saiu de casa em disparada e ganhou as ruas de Tel Aviv em direção à rodoviária.

A *Tachaná Merkazit*, como era conhecida em hebraico, não era só a maior rodoviária do país, mas do mundo. O prédio, que ocupava 230 mil metros quadrados no sul da cidade, possuía sete andares e tinha cerca de 700 lojas, que variavam desde o comércio de iguarias e roupas até escritórios, restaurantes, botecos, boates, igrejas e escolas. Muitos chegaram a reclamar de sua localização, dizendo ser muito longe do centro, mas, para Laila, ela não ficava a muitas esquinas de onde estava morando. Chegou ao *Merkazit*, como era popularmente chamada, comprou a passagem e alcançou o portão de embarque em poucos minutos. Pegou o primeiro ônibus noturno para Jerusalém com o coração repleto de confiança, esperança e entusiasmo. Observou os arranha-céus de Tel Aviv desaparecerem pelos vidros da janela e darem lugar a uma extensa cordilheira de montanhas, debaixo de um céu pouco estrelado e carregado por nuvens cinzentas e ameaçadoras. Seus olhos, vermelhos e esgotados, piscavam cada vez mais pesados. Laila não fez questão nenhuma de lutar contra o sono. Deixou-se cair para o lado de maneira confortável e, com o rosto apoiado no vidro da janela, dormiu durante todo o trajeto. Abriu os olhos, de uma só vez, apenas quando sentiu uma mão firme a sacudir seu corpo.

— Acorde, minha jovem! Nós já chegamos em Jerusalém.

– Obrigada! Perdoe-me, senhor! Estou muito cansada – Laila disse, num sussurro, os olhos na direção do motorista, que exibia com orgulho um bigode branco e bem robusto. Ele vestia um terno azul-marinho e um quepe marrom, mesma cor da gravata. Uma imagem da infância assaltou seus pensamentos e a saudade de casa ganhou vida. Quando Laila era criança, seu pai costumava deixar o bigode apenas nos finais de semana e ela adorava o roçar de seus pelos macios em sua pele nos momentos em que ele a beijava.

– Não tem do que se desculpar. Boa estadia – despediu-se o motorista.

– Senhor, você tem horas? – Laila perguntou, colocando-se de pé e pendurando a mochila nas costas.

– São nove horas.

– Obrigada – agradeceu, esboçando um enorme sorriso.

Não era tarde, seu plano estava em pleno vigor. Ela tentaria ver Benjamim ainda naquela noite. Desceu os degraus do ônibus num salto e seguiu caminhando a passos acelerados e ansiosos até a casa do amado.

Uma garoa fria e fina caía lentamente como se acariciasse o curvar da noite. Laila estreitou os olhos para melhor enxergar o trajeto. Estava bem próxima da casa de Benjamim. Os postes de luz se alternavam entre acesos e apagados e uma densa penumbra abraçava as ruas estreitas do bairro de Al-Musrara, o que não a intimidou, de maneira alguma. Apertou ainda mais o passo e chegou ao seu destino em poucos minutos. Encheu-se de coragem, bateu à porta com os nós dos dedos e se colocou a aguardar.

TRINTA

Tel Aviv, segundos depois

Benjamim aproximou-se a passos tranquilos, apoiou a palma da mão na madeira da porta e a abriu de um só golpe. A batida da música e o breu atingiram seus músculos de imediato e, num súbito, seus movimentos se mostraram trêmulos. Resolveu permanecer imóvel até se acostumar com o ambiente do bar e aproveitou para varrer o local com os olhos. Dezenas de mesas de alumínio, que davam ao estabelecimento um ar futurista e moderno, se acotovelavam pelo saguão principal em busca de espaço, que, diga-se de passagem, não havia. As cadeiras, de mesmo modelo, se amontoavam por entre os poucos orifícios que restavam. De onde estava, Benjamim era capaz de ver inúmeras silhuetas de pessoas gesticulando e sorrindo sentadas sei lá de que jeito nas acomodações. As paredes amareladas exibiam quadros de Charlie Chaplin e Marilyn Monroe, todos em preto e branco, trocando de cor conforme a constante mudança na iluminação, que fazia questão de ser branda, já que o escuro dominava o ambiente.

À direita ficava o balcão do bar e, mais ao fundo, a cozinha. O pouco que conseguia enxergar do piso denunciava uma decoração quadriculada em mosaico, também em preto e branco, o que combinava perfeitamente com o restante da mobília.

Uma moça de avental amarelado o saudou com um largo sorriso e o cumprimentou.

— Boa noite! Está sozinho?

Benjamim demorou alguns segundos para responder. Fitou-a de cima a baixo de maneira inconsciente. Alguma coisa nela o remetia a Laila. Seu rosto era branco, quase translúcido, e seus olhos eram de um verde-água bem tímido, próximos do cinza. Traços finos modelavam um rosto bonito e simpático, assim como o restante de seu corpo, essencialmente magro, mas cheio de curvas.

— Senhor, está sozinho? — a garçonete repetiu o gesto.

— Perdoe-me, estava distraído – disse, com a voz trêmula. – Estou esperando um amigo – completou Benjamim, a voz entrecortada e pigarreada.

— Por aqui – convidou a garçonete, caminhando lentamente em direção a uma mesa posta bem ao fundo do bar.

Os ouvidos de Benjamim já haviam se habituado à música alta ou talvez tivessem se agraciado com o som que as caixas acústicas anunciavam naquele momento. Mesmo gostando de rock bem mais pesado do que o que tocava enquanto suas pernas tentavam alcançar a garçonete, serpenteando por entre as mesas e as cadeiras, o corpo de lado a maior parte do trajeto, os riffs de *Sultans of Swing*, do Dire Straits, arrancou de sua face rígida um gracioso sorriso.

— Essa música é ótima! – disse a garçonete, fitando-o de maneira sensual. – Fique à vontade, aqui está o cardápio – completou, tocando levemente em seu braço.

Benjamim apenas aquiesceu em silêncio. Um arrepio quente percorreu seu corpo e seus pelos se eriçaram de maneira imediata. Os olhos do jovem jantaram os movimentos da garçonete enquanto ela caminhava em direção à cozinha e ele se sentiu mais vivo do que ultimamente, quando ainda lamentava a perda da namorada. Allen demoraria a chegar, ele sabia disso. Deixou o *Menu* esquecido de lado. Sua capa exibia as palavras *Bar Balagan*, em amarelo bem vivo, cujo significado em hebraico é artista de rua ou bagunça, nomes que combinavam perfeitamente com a decoração do bar. Aproveitou para verificar o celular e checar suas mensagens. Não conteve seus dedos e eles o levaram a ler e reler seus últimos torpedos. O que mais lhe intrigou e o entristeceu foi a maneira fria e seca com que Laila respondeu ao anúncio de que ele havia descoberto o nome de seu pai. Ela, que acompanhara sua agonia bem de perto, sabia o quanto aquela revelação era importante para Benjamim. Talvez isso a tenha levado para longe.

Eles não eram mais namorados, mesmo assim, comparando suas palavras com as de Allen, seu recente amigo, a frieza de Laila ainda lhe causava arrepios. A certeza de que ela tinha realmente ido embora de sua vida para sempre assolou seus pensamentos, e ele fez questão de afastá-los de imediato. Ainda não suportava conviver com essa ideia. A chegada da garçonete o trouxe de volta à realidade cortando seus devaneios, ao menos por alguns minutos. Ela se postou em frente à mesa, apanhou um bloquinho e uma caneta no bolso do avental e inclinou seu olhar ao rosto de Benjamim.

— Quer beber algo enquanto espera seu amigo?
— Uma coca, por favor.
— Só isso? Batatas fritas acompanham?
— Está bem — respondeu, com a voz desajeitada. — Traga-me *ketchup*, por favor — arriscou.
— Está na mesa — ela disse, aos risos.

O rosto de Benjamim tingiu-se de rubro na mesma hora.

Que mancada, pensou, no exato instante em que viu Allen romper à porta do bar.

Nos falantes, a música *Walk of Life*, da mesma banda, ganhou vida e ele voltou a sorrir. Lembrou-se de sua infância ao sacudir a cabeça curtindo a canção. Ele cresceu vendo seus pais colocarem o álbum *Brothers in Arms*, quinto trabalho do Dire Straits e lançado em 1985, para tocar em quase todas as noites de calor e céu estrelado, momentos que se juntavam para jantar no quintal dos fundos de casa. Correu os olhos pela última vez na mensagem de Laila e novamente enrijeceu o cenho. Repetiu em voz alta as palavras da ex-namorada:

Que ótimo!
Laila.

Benjamim rapidamente guardou o celular no bolso da calça e colocou-se de pé, voltando sua atenção e seu olhar ao amigo. Allen o cumprimentou com um beijo no rosto, o que lhe causou certo espanto, já que, em Israel, pessoas do mesmo sexo se saudavam dessa forma apenas se fossem membros da mesma família.

— Você vai entender — Allen disse, num sussurro, esboçando um sorriso brilhante.
— Eu pedi batatas fritas — Benjamim pegou-se dizendo, com a voz desconcertada.
— Ótimo! Estou faminto! — Allen anunciou. — Esse bar não é legal?
— Sim. Adorei o nome, *Bar Balagan*. Gostei da música e...
— E...

– Da garçonete – completou, aos risos, apontando o dedo indicador em sua direção.

– Eu a conheço! O nome dela é Salvina F. Haffic. Ela mora perto de casa.

– Você me apresenta?

– Claro que sim.

A garçonete colocou a coca e as batatas fritas sobre a mesa e cumprimentou Allen com um abraço.

– E você, Allen, o que vai querer? – Salvina perguntou, com o bloquinho e a caneta entre os dedos.

– Um suco de pêssego, por favor – respondeu à garçonete. – Vamos comer uma lasanha quatro queijos? – Allen sugeriu a Benjamim.

– Está bem – respondeu, os olhos pregados no rosto de Salvina.

Benjamim bebericou um gole de seu refrigerante e, sem graça, perguntou:

– O que você quis dizer quando falou que eu ia entender o seu cumprimento?

– Esse é o motivo que me fez te convidar para jantar e passar o final de semana comigo.

– Allen, sem rodeios, por favor! O que é?

– Benjamim, preste atenção! No exato momento em que você descobria o nome de seu pai biológico e me enviava aquele torpedo, minha mãe me contava a respeito de meu pai, um segredo que ela carrega desde que ficou grávida de mim e que me fez conhecer dia após dia um enorme vazio.

– O quê? Você também não sabe quem é seu pai? – Benjamim perguntou, com espanto.

– Agora eu sei – disse.

– E quem é?

– Daniel Lebzinski – respondeu Allen, a voz presa entre os dentes.

– Quer dizer que nós dois somos...

– Irmãos – completou Allen, envolvendo Benjamim num longo abraço, temperado a lágrimas de emoção e sorrisos de felicidade.

TRINTA E UM

Nazaré, 2001

Judith havia chegado bem antes da hora marcada para buscar seu amado no Orfanato Yesher, como se acostumara a fazer nos últimos seis anos, caminhando com pressa e ansiedade pela Rua Vajekaran, uma das centenas de vielas perdidas nas sombras de Nazaré, que desembocavam na Praça *Peresen*, a principal da cidade. Era domingo e a noite caía de maneira lenta, quente e colorida. Rastros de laranja pincelavam um céu tingido de um azul que oscilava entre o claro do dia e o escuro da noite. A lua, branca e robusta, chegava tão de mansinho, com tamanha educação e elegância, que parecia pedir licença aos Deuses para ocupar seu espaço. O coração de Judith se mostrava disparado, como de hábito, e o medo de como poderia encontrar Daniel a martelava na altura das vísceras. Por incontáveis vezes ela fora recebida pelo próprio amado e, mesmo apresentando um discurso confuso e sem muita lógica, ele demonstrara lembrar-se dela, quando a beijara com imenso carinho e caminhara pelos corredores do orfanato com os dedos entrelaçados nos seus. Em outras oportunidades, em sua imensa maioria, Judith descobria um Daniel aos gritos ou aos prantos e levá-lo até o Hospital Ichilov, em Tel Aviv, era um verdadeiro parto.

Judith tocou a campainha e aguardou no portão com um sorriso tímido no rosto enquanto observava o jovem Shuki vir atendê-la.

— Olá, Shuki, como vai? — disse, com a voz trêmula, olhos atentos inclinados na direção do jovem. Pela sua leitura, o cenho de Shuki não era dos mais animadores e ela já se preparava para o pior.

— Tudo certo, senhora! Daniel está no quarto. Eu acabei de ajudá-lo no banho e agora ele deve estar descansando em sua cama exatamente à sua espera.

— Que bom! — Judith exprimiu, num longo desabafo. — Ele deu muito trabalho esses dias? — perguntou, enquanto seus passos cansados seguiam pela penumbra dos corredores da casa o que conseguia enxergar do jovem, alguns metros à sua frente.

– Não, senhora! Ele esteve tranquilo na maior parte do tempo. Ele e Dedeh conversaram muito. Apenas em alguns momentos sua memória falhou e ele se mostrou impaciente. Mas...

– O que tem? – Judith interrompeu o jovem, com a voz estourada.

– Ele não parou de recortar papéis dizendo que eram documentos importantes de seus pais e os guardava nos bolsos da calça e da camisa. Chegou a gritar com o sobrinho quando Dedeh tentou retirar os pedaços de papel dos bolsos dele – respondeu Shuki, quase num sussurro.

Ao entrar na antessala principal da casa, logo após passar pelo refeitório, uma dezena de crianças cercou Judith e elas a abraçaram inundando-a de perguntas ou contando-lhe novidades.

Olha o que eu consigo fazer, diziam, logo após uma sequência de cambalhotas ou uma pirueta, que quase nunca acabava bem.

Por alguns poucos minutos em que se viu entretida no meio da multidão, Judith esqueceu a verdadeira razão de estar ali. Seu semblante se achava mais dócil, tranquilo e com menos marcas de preocupação e rigidez, até que um grito alto e estridente, vindo do andar de cima como se fosse um relâmpago ecoando numa noite cinzenta, trouxe-lhe a realidade de volta e com ela a dureza de suas fissuras faciais. Um imenso risco se desenhou em sua testa e seus olhos marejados se estreitaram e se umedeceram de imediato. Suas pernas se retesaram e não conseguiram prosseguir. A palidez de seus lábios podia ser vista a quilômetros de distância, assim como sua respiração sobressaltada. Judith permaneceu paralisada por segundos.

Outro grito foi ouvido e a preocupação com o amado acendeu seu alerta.

– Daniel – ela esbaforiu, correndo pelos degraus da escadaria em alta velocidade, ignorando Shuki à sua frente, que, em silêncio absoluto, também disparou na direção do quarto onde o doador de sêmen supostamente estaria a descansar. Judith girou a maçaneta e seus olhos semicerrados lacrimejaram ao testemunhar o amado com o rosto colado ao espelho, pregado na parte de trás da porta do armário, gritando alto em tons de intimidação. Sua pele se apresentava tingida num tom vermelho cor de fúria, as veias do pescoço saltadas desenhavam caminhos em seu pescoço flácido e os punhos cerrados ameaçavam golpes na moldura, que refletiam seu próprio rosto a ele desconhecido.

Judith e Shuki ficaram brancos e imóveis como estátuas de cera. Apenas as lágrimas da enfermeira podiam ser observadas em movimento. Após alguns minutos, aqueles gritos, incessantes e estridentes, que ainda ecoavam por todo o casarão, puderam ser decifrados.

– Saia daqui... Saia... Saia... Vá embora!

– Meu amor, o que aconteceu com você? – Judith não se conteve e o envolveu nos braços.

– Tira ele daqui... Ele entrou aqui... Ahhh! – Daniel continuou a gritar e a gemer.

Judith o puxou na direção de seu peito e Shuki, percebendo que o corpo de Daniel havia amansado um pouco a rigidez de outrora, fechou de um só golpe a porta do armário, fazendo o reflexo do doador de sêmen desaparecer na escuridão. Os gritos deram lugar a um choro soluçante, que se seguiu por quase meia hora. O rosto de Daniel permaneceu apoiado e encoberto pelos ombros de Judith durante todo esse tempo.

Dedeh chegou ao quarto assim que as crianças terminaram os deveres escolares e o jantar. Acesnof permanecia lá embaixo a assisti-las.

– Acho melhor chamarmos um táxi – sugeriu Judith, ao se deparar com a figura de Dedeh entrando no quarto, os olhos enormes e assustados.

– Eu farei isso, senhora Stelar. Espere um instante – disse, num sussurro, deixando o cômodo a passos apertados.

Assim que o carro chegou e estacionou em frente ao portão do casarão e Judith se sentou com Daniel no banco de trás, Dedeh instruiu ao motorista Alleb Chatif, velho conhecido, pois já os atendera por inúmeras vezes nos últimos anos, a levá-los ao Hospital Ichilov e ajudar Judith no que fosse preciso para que o tio se acomodasse em sua residência com total segurança.

– Deixe-a se despedir dele sem apressá-la, por favor, senhor Alleb. E depois a leve para casa. Amanhã eu acerto tudo com você – finalizou, batendo a porta do carro.

– Confie em mim, Dedeh – acenou o motorista, dando a partida no motor, que ganhou vida e seguiu na direção das sombras.

O silêncio predominou dentro do Citroën Xsara branco e decorado com estofados de couro sintético em tons de vinho, mas toda aquela quietude estava longe de ser pacífica e amorosa. Pelo contrário, Daniel permanecia com o rosto escondido nos ombros de Judith, cuja mente era chicoteada a cada piscar de olhos por devaneios tristes e preocupados. Mesmo em seus traços mais finos e delicados era possível testemunhar a dor e o tamanho de sua aflição com o homem que amava e que a cada crise fugia alguns metros a mais da realidade.

O estacionamento principal do Hospital Ichilov estava fechado para reformas. O motorista Alleb Chatif resmungou algo inaudível e seguiu uma placa laranja que indicava a única alternativa para quem precisasse chegar o mais próximo possível do prédio. Contornou o quarteirão ainda emitindo sons de chateação e parou o carro por sobre a calçada, na entrada da ala do Pronto Atendimento.

– Preciso de ajuda – ele gritou, com a voz pouco amistosa, na direção do guarda que fazia a segurança do portão.

Com o dedo indicador para o alto, o segurança, vestido de preto da cabeça aos pés, enviou a mensagem para Alleb aguardar um minuto e desapareceu na penumbra do edifício. Sua presença foi vista logo depois, seguida por dois enfermeiros que traziam nas mãos uma maca de alumínio e corriam às pressas na direção do automóvel.

– Vamos, meu amor. Chegamos – disse Judith, num sussurro doce e amistoso.

Harush Rami e Itay Yadin, companheiros de trabalho de Judith há anos, a cumprimentaram e carregaram Daniel até acomodá-lo deitado na maca.

– Olá, senhor Lebzinski, como passou o final de semana? – Harush perguntou, dirigindo-se para dentro do hospital.

A única resposta foi um murmúrio choroso, muito próximo de um miado preguiçoso.

Judith os acompanhou a passos acelerados e o semblante ainda mais tenso.

— Eu já volto — ela balbuciou na direção do motorista. Alleb apoiou as costas na porta do carro, inclinou o olhar para seu relógio de pulso e colocou-se a esperar, exatamente como prometera a Dedeh.

Assim que o elevador foi deixado para trás e Judith invadiu o corredor onde o amado mantinha residência, no setor de Neurologia, a enfermeira Orah a alertou de forma instantânea, sem sequer cumprimentá-la:

— O Doutor quer falar com você, Stelar. Ele está na sala dele, é só bater na porta.

Judith seguiu pelo corredor até alcançar o consultório do Doutor Yakir Keshet com o coração aos pulos. Cerrou os dedos e tocou a porta por duas vezes.

— Entre.

Ela girou a maçaneta e, sem aguardar o médico saudá-la oficialmente ou convidá-la novamente, desatou a falar, como se vomitasse aquelas azedas palavras.

— Doutor, hoje ele não se reconheceu no espelho. Foi horrível! — Judith quase não terminou a frase ao ser invadida por um choro triste e desamparado.

O médico ergueu-se num sobressalto e a segurou entre os braços.

— Acalme-se, querida! Não aconteceu nada fora do contexto. Infelizmente, esse súbito de falta de reconhecimento é pra lá de comum. Eu já devia ter alertado você.

— Não aguento mais vê-lo assim, Doutor.

— Tenha calma, Stelar! Daqui a pouco, o Lamitor e o Valproato de Sódio, os novos medicamentos que introduzimos em seu tratamento, vão fazer efeito e essas confusões diminuirão um pouco.

— Tem certeza? — Judith perguntou, erguendo a cabeça.

— Não, querida! Infelizmente — uma pequena pausa. — Eu não tenho certeza.

TRINTA E DOIS

Jerusalém, dias atuais

Dois estalidos fortes no trinco da porta se fizeram ouvir. O coração de Laila tamborilou a melodia da esperança. Seus olhos ansiavam por ver Benjamim e seus lábios desejavam tocar os dele, como há muito não acontecia.

A porta se abriu e apenas o breu se mostrou presente. Ao fundo, perdido nas sombras, o contorno de uma cabeça surgiu de maneira repentina.

– Laila, que surpresa! – Uma voz feminina ecoou da penumbra como se um fantasma tivesse atendido a um visitante em sua casa mal-assombrada.

Laila foi atingida pelo susto e a palidez tingiu seu rosto corado de um tom esbranquiçado, quase translúcido. Um sorriso forçado se delineou em seus lábios e um aceno de mãos tomou o lugar das palavras que sua garganta não foi capaz de formular.

Em seu coração, agora, pulsava a orquestra triste e chorosa da decepção. A crença de que se encontraria com o amado estava se desfazendo, como um castelo de areia observando inquieto a chegada da água do mar.

– Entre, por favor! – a voz de outrora voltou a dar sinal de vida e Menorah se fez descoberta diante da luz que invadiu pela porta escancarada.

Laila obedeceu em silêncio e caminhou a passos incertos pela casa, em que meses antes costumava andar de maneira solta, livre, leve e segura.

– Que diferente – se forçou a dizer ao observar a mudança na mobília da sala de estar.

– Você gostou? – Menorah perguntou, logo após ter abraçado a jovem e a cumprimentado com dois beijos no rosto.

— Ficou bonito – Laila respondeu, sem demonstrar muito entusiasmo. – Benjamim não está em casa? – indagou, ainda com uma ponta de otimismo.

— Não está, minha querida. Ele foi passar o final de semana em Tel Aviv, na casa de um amigo.

— Em Tel Aviv? – Laila se mostrou surpresa. – Que amigo?

— Aquele novo amigo. Não me lembro do nome do rapaz. Um que ele conheceu no Muro das Lamentações.

— Allen? – arriscou Laila, num grito.

— Esse mesmo – uma voz masculina disparou a resposta dos degraus da escada.

— Senhor Raviv, que bom te ver! – Laila sorriu e caminhou em sua direção, alcançando-o próximo ao primeiro degrau.

— Saudade de você, minha filha! Desde que você e Benjamim decidiram... Enfim, o que vocês decidiram... Essa casa não tem mais o mesmo brilho, tampouco a mesma alegria – disse Elad, quase num sussurro.

Os olhos de Laila se avermelharam e foram tomados por uma umidade, que, sem êxito, tentou disfarçar. Uma gota se desprendeu de suas garras e acabou passeando por toda a superfície de sua face.

— O que ele foi fazer em Tel Aviv? Eu queria tanto vê-lo – entregou Laila, aos prantos, desistindo de uma vez por todas de prender as lágrimas.

— Nós decidimos ajudá-lo a encontrar seu pai biológico.

— O quê?

— Isso mesmo – respondeu Elad.

— Querida, por que não se senta e toma um café conosco? Temos muito o que conversar – Menorah fez o convite à jovem, fitando o marido de esguelha.

— Acho uma ótima ideia – ela pareceu ligeiramente mais animada.

Menorah dirigiu-se para a cozinha enquanto Laila e Elad se acomodaram no sofá, em frente à televisão, que exibia sem som centenas de imagens coloridas, de uma sequência que parecia infinita de comerciais. Por alguns segundos a jovem tentou focar sua atenção nas propagandas, mas o silêncio que se desenhou no ambiente a incomodou de tal forma que Laila sentiu-se tentada a fugir de lá a galopadas.

— Como está a faculdade? — Elad decidiu quebrar a quietude.

— Está legal, senhor Raviv! Eu trabalho como estagiária no Sheba Medical Center, hospital de Tel Hashomer, na área de Gerontologia. — Seus olhos brilharam pela primeira durante a visita.

— Fico feliz que está tudo indo bem. Mas eu sinto que seu coração não se encontra na mesma sintonia. O que realmente a trouxe aqui esta noite, Laila?

A jovem se ergueu num sobressalto e, num súbito, disse:

— Eu preciso ir.

— Fique mais um pouco, minha filha! O café já deve estar quase pronto.

— Eu realmente tenho que ir embora. Só passei pra dar um oi. — A jovem tocou seus lábios no rosto de Elad e se dirigiu à porta de maneira acelerada.

— Até logo, Laila — disse Elad, com elegância e delicadeza. — Não suma — completou.

— Está bem — disse, perdendo-se na rua ao bater a porta.

Menorah chegou à sala de estar carregando uma bandeja de prata, que ganhara no dia de seu casamento, com três xícaras de café, que exalavam um fervor fumegante e o perfume do amanhecer.

— Onde está a menina, Elad? — perguntou Menorah, de maneira confusa, equilibrando a bandeja nas mãos.

— Foi embora.

— Assim, de repente?

— Querida, Laila está arrependida do que fez ao nosso filho e veio aqui na tentativa de consertar o estrago.

Menorah assentiu com um sorriso gentil e um gesto de cabeça. Fitou o marido com ternura e completou:

— Jovens.

TRINTA E TRÊS

Tel Aviv, dias atuais

Benjamim pagou a conta, agora estavam quites, e caminhou ao lado do irmão em ritmo de passeio até o carro, que tomou a direção da Rua Yitahak Sade, próximo à Estação Rodoviária, alguns quarteirões adiante. Ao chegarem em frente do portão verde-escuro, mesma cor que decorava as janelas do edifício onde Allen morava, pintado recentemente, um toque no celular do irmão fez Benjamim desligar o motor.

— Alô? — Allen atendeu ao telefone.

Silêncio.

— Aham.

Mais uma pausa.

— Vou falar com ele e já te ligo. Beijos.

— Quem era? — perguntou Benjamim, num sussurro.

— Minha namorada vai fazer *fondue* de queijo e chocolate na casa de uma amiga e...

— Não se preocupe, Allen. Se você quiser, eu posso voltar para Jerusalém ainda hoje. Não quero atrapalhar seus planos — ele disse, com sinceridade.

— Não é nada disso, meu irmão. Ela quer que você vá. Sabe quem é a amiga dela? — Benjamim negou com um aceno de cabeça. — Salvina Haffic — Allen comentou, a voz firme.

— Quem?

— A garçonete do restaurante. Está a fim?

— Eu?

— Isso mesmo — disse, aos risos. — Vamos?

— Onde fica?

— Na rua de trás. Dá pra ir a pé.

— Certo — respondeu Benjamim, gostando da ideia, mas com o receio dos estreantes chicoteando seu estômago.

Ele estacionou o carro. A luz da lua esculpia de laranja e névoa aquelas velhas ruas como se fossem as curvas de um imenso e deserto labirinto. Enquanto caminhava na direção da Avenida Petah Tivka dobrando a primeira à esquerda, Benjamim pensou a respeito do que havia descoberto aquela noite. Sorriu de corpo e alma ao imaginar que ganhara um irmão e estava indo à balada com ele. Agora entendia o cumprimento de Allen com um beijo em seu rosto. Lembrou-se com ternura das palavras do irmão.

Você vai entender, repetiu-as em pensamento.

A voz de Allen ao telefone devolveu Benjamim à realidade.

– Estamos na porta – disse, desligando o celular.

O edifício mais parecia um imenso casarão de quatro andares que o proprietário arquitetou com enorme zelo, dividindo em microapartamentos o que outrora deveriam representar inúmeros quartos vazios, bibliotecas e salas de jogos, época em que podia gozar de dinheiro e prestígio. Allen confirmou que o dono do prédio era um empresário conhecido como Hillel Gideon e que perdeu boa parte de sua fortuna tentando sem sucesso tirar sua esposa das drogas. Segundo o que os vizinhos lhe contaram, Patrícia Gideon chegou até a se prostituir para sustentar seus vícios e o empresário viu todo o seu dinheiro desaguar nas contas intermináveis de seus cartões de crédito e internações que sempre terminavam em recaídas. Ele demorou a descobrir que sua esposa havia trocado alguns de seus bens mais valiosos produzindo festas com bebidas do mundo todo, atrações musicais caríssimas, cocaína e heroína. E foi justamente em uma dessas megaproduções que Hillel Gideon tornou-se viúvo ao se deparar com Patrícia morta no banheiro da suíte de seu quarto com uma seringa espetada no braço e uma poça de sangue tingindo o azulejo preto fosco de vermelho brilhante. Após a morte dela, o empresário ainda teve que vender muitas propriedades, inclusive sua fábrica de sapatos, para cobrir todos os gastos e rombos deixados por Patrícia, sob ameaças de morte feitas por traficantes armados até os dentes. Resolveu viver de maneira mais simples. Reformou a casa onde morava, transformando-a em prédio, e hoje se sustentava alugando os apartamentos.

A vida não é fácil pra ninguém, pensou Benjamim, no instante em que uma campainha alta e rouca destravou a porta da entrada do edifício.

Na verdade, toda aquela história a respeito do casarão chuviscou pela mente de Benjamim como se fosse um cenário ou um fundo de tela. O que realmente pulsava em seu cérebro era o nome de Laila e a vontade de estar em seus braços.

– Olá! – Quem atendeu a porta foi a sorridente Salvina, que jantou Benjamim com os olhos, provocando-lhe ainda mais nervosismo.

– Onde está Lia? – perguntou Allen.

– No banho – disse Salvina. – Benjamim, quer conhecer a casa?

– Vai lá, garoto – Allen tomou a frente na resposta.

– Quero. Digo, sim – cuspiu tais palavras com a voz trêmula.

– Venha, meu querido – Salvina pegou em sua mão, entrelaçando seus dedos quentes e macios nos dele, e seguiu na direção das sombras. Caminharam alguns passos por um corredor escuro. Havia uma luz no teto tentando iluminar o ambiente, mas a lâmpada nua e presa por um fio estava mais trepidante e fraca do que as pernas de Benjamim.

– Esse é o banheiro onde Lia Karanit, namorada de Allen, está se lavando – apresentou, apontando o dedo indicador na direção de uma porta fechada. – Aquele é o meu quarto – disse, conduzindo-o para mais adiante até acender a luz e fechar a porta.

– Bonito – ele disse, de maneira educada.

Uma cama de casal desarrumada descansava ao lado da janela, que se descobria por entre as persianas amarelas. Havia um armário marrom desbotado preso à parede e uma cômoda branca, contendo quatro gavetas. Sobre o móvel estavam dois porta-retratos, com fotos de Salvina ainda pequena, ao lado de uma mulher ruiva que julgou ser sua mãe, um pequeno televisor e um caderno de notas aberto.

Sem perder tempo, Salvina empurrou Benjamim na cama e se atirou por sobre seu corpo, tocando seus lábios carnudos e molhados nos dele.

– Você é lindo! – ela disse, com os olhos arregalados e seu hálito doce e quente roçando no pescoço de Benjamim.

Essas foram as últimas palavras que ele conseguiu escutar antes dos gemidos de Salvina, que viriam a seguir e se repetiriam madrugada adentro, desde que penetrou seu corpo nu e escultural pela primeira vez. Ele não conseguiu precisar por quanto tempo esteve dentro de Salvina e ausente de seus recentes tormentos. Mas, até alcançar o gozo numa explosão fervente e furiosa, seus pensamentos se esvaíram para longe, tão longe quanto agora se sentia de seu verdadeiro amor. Seu corpo exausto caiu ao lado dos braços da bela mulher, como um tronco de árvore cerrado, sem nenhum obstáculo a brecá-lo. Pousou seu rosto corado nos seios úmidos de Salvina. Deixou escapar um leve sorriso e, com ele, a inocência da virgindade também se foi, para nunca mais voltar. Ainda teve forças para um sussurro, antes de cerrar os olhos, rubros e marejados, até a manhã seguinte.

– Laila, meu amor.
– O que disse? – perguntou Salvina.
Benjamim não abriu a boca, tampouco os olhos.

TRINTA E QUATRO

Tel Aviv, 2004

Como o Doutor Yakir Keshet previu, sem muita certeza, é verdade, Daniel Lebzinski teve uma boa reação aos medicamentos e ao novo tratamento, em conjunto com terapias em atendimentos individuais e em grupo. As atividades de pintura foram as que o doador de sêmen demonstrava mais entusiasmo, chegando inclusive a pintar alguns quadros, muito embora em nada lembrassem os que pintara na época da juventude, quando estivera em Veneza e ainda sonhava viver de suas obras.

Nos últimos três anos, suas oscilações de humor, sobretudo as atitudes mais agressivas, haviam ficado para trás. As confusões mentais e as flutuações de sua memória ainda eram bastante frequentes, mas andavam até certo ponto estabilizadas. Ele já não era capaz de tomar decisões, mas opinava, quando questionado, em tarefas mais simples. Conseguia manter por alguns minutos um diálogo coerente com o sobrinho durante os finais de semana em que passava no orfanato, e com Judith, o restante da semana, no Hospital Ichilov. Mesmo assim, o médico não demonstrava um entusiasmo excessivo.

Pelo contrário, era de costume ver o Doutor Yakir Keshet alertando a sua equipe de enfermeiros e a própria Judith de que aquela impressão de melhora não representava progresso algum, pois não significava um retrocesso do quadro, apenas uma manutenção, por ora, das habilidades cognitivas já aprendidas e de suas funções executivas. As maiores dificuldades que o doador de sêmen apresentava ficavam por conta de nomear objetos de uso cotidiano. Não se lembrava mais o que era garfo, faca, colher, óculos, guardanapo, controle remoto, telefone; tampouco diferenciava peças de roupa. Meia, cueca, calça, blusa e camiseta não significavam muita coisa quando alguém lhe conferia tais palavras. Ele se acostumou a esperar até que algum enfermeiro escolhesse a roupa que ia vestir. Na maioria das vezes precisava de ajuda, o que não representava nenhum transtorno, já que seu humor permanecia estável durante quase todo o dia. Em alguns casos ele chorava. E como chorava. O que mais intrigava o médico, que ainda buscava explicações, se referia aos olhos. Daniel Lebzinski, assim como os outros pacientes com Mal de Alzheimer, exibia um olhar perdido, envidraçado e até certo ponto desfocado ou focado num mundo que não o nosso. Às quartas-feiras arriscava, ao lado de Judith, uma caminhada pelo quarteirão que cercava o hospital, mas quase sempre chorava em algum ponto do trajeto ou quando retornava aos seus aposentos. Morria de medo ao sentir o frio soprar pela cidade e ao observar a água da chuva lamber os vidros de seu quarto. E foi justamente num desses passeios pelo quarteirão que o doador de sêmen justificou toda a cautela do Doutor Yakir Keshet. Era um fim de tarde atípico de verão. As temperaturas batendo acima da média, como de hábito, mas a sensação térmica era agradável, já que o vento dançava fresco pelas ruas da cidade, o que não era tão costumeiro assim. Algumas nuvens tingiam boa parte do céu, numa mistura de azul, branco, cinza e rubro. Com o cair da noite, as estrelas se arriscaram a aparecer num ponto aqui e outro ali por entre as nuvens cinzentas e robustas, que se uniram como num passe de mágica. De uma hora para outra se ouviu um relâmpago e um clarão azulado pôde ser testemunhado por toda a cidade de Tel Aviv. Daniel foi pego pelo susto e pelas garras de sua doença, que, sem piedade, o golpeou fundo na altura da cabeça, como um lutador de boxe. As lágrimas vieram primeiro, como esperado. Em seguida, uma agitação que há muito não se via e algumas palavras sem sentido saíram de sua garganta, num balbucio ininterrupto. O alarme soou para Judith. Ela tentou acalmá-lo.

– Tenha calma, querido. Está tudo bem – disse, com a voz amena.

O corpo de Daniel se retesou ao cair dos primeiros pingos, os braços tornaram-se demasiadamente pesados e segurá-lo foi ficando cada vez mais difícil. Ele se desvencilhou de Judith e saiu aos berros em disparada para o meio da Avenida Weitzman, que circundava o hospital.

– Pai... Pai... Pai... Eu quero meu pai... Pai...

Judith correu como pôde atrás dele. Seus lábios suplicavam por socorro. Uma confusão se formou instantaneamente. O trânsito ficou parado, os carros se amontoando próximo ao centro comercial de Kikar

Hamedina e buzinando para não bater ou atropelar aquele homem que berrava, chorava e corria de um lado para o outro. Dois policiais se aproximaram de Judith a passos acelerados e ela se encheu de esperança.

— Por favor, salvem o meu amor! Ele está muito doente — orou Judith, aos prantos, para os oficiais, caindo de joelhos na caçada molhada.

Os policiais seguiram correndo ainda mais rápido na busca por Daniel, que se distanciava pela avenida a passos trêmulos e incertos. Inúmeros motoristas deixaram seus carros, assistiam assustados a tudo ou tentavam acalmá-lo, mantendo certa distância e com as mãos espalmadas em sua direção. Mas, antes que os policiais chegassem a abordá-lo, uma motocicleta que vinha em alta velocidade serpenteando por entre os carros parados e amontoados por grande parte da avenida não foi capaz de brecar a tempo. O choque foi inevitável e veio em dois estalidos distintos.

O primeiro era semelhante a um som metálico, da moto perdendo o equilíbrio e varrendo o doador de sêmen. O segundo ficou por conta do corpo de Daniel estourando com força no asfalto úmido de uma das principais avenidas de Tel Aviv. Uma poça de sangue se desenhou ao redor do corpo desacordado do doador de sêmen. Por instantes ouviu-se apenas o silêncio. Minutos depois uma sirene soou ao fundo.

— Meu Deus! — Judith soltou um grito e cerrou os olhos.

O meu amor está morto, pensou.

Ao contrário de seu devaneio desesperado, o doador de sêmen não viria a falecer, mas jamais andaria novamente.

PARTE II

Presente Sem Passado
Tempos Atuais

JERUSALÉM

- Israel -

TRINTA E CINCO

Jerusalém, amanhecer de sábado

— Elad, o que aconteceu?

— Não houve nada, Menorah. Volte a dormir.

— Como não houve nada? Você não pregou os olhos a noite toda. Está caminhando ao redor da cama há mais de duas horas.

— Meu amor, aquela insegurança toda está vindo de novo.

— Elad, vai ficar tudo bem. Você vai ver.

— Acho que eu vou embora — disse, com a voz engasgada e inclinando os olhos para a esposa pela primeira vez desde que a conversa se iniciara.

Voltou a se colocar de costas e a pousar os olhos na direção da janela. Uma pequena luz invadia o quarto e iluminava o rosto de Menorah e o batente da porta. De resto, eram apenas sombras.

— Embora? Não acredito! De novo isso, Elad?

— Acho que vai ser melhor pra ele — sussurrou, referindo-se a Benjamim.

— Nosso filho precisa de nós. Ele está vivendo uma fase muito difícil — as palavras saíram aos berros.

Elad arqueou o corpo e levou as mãos na altura dos olhos, que se umedeceram numa piscadela. Menorah retirou as cobertas de cima dela e lançou-as ao chão. Ergueu-se num sobressalto e caminhou até o marido. O piso frio gelou seus pés descalços. Não fazia calor aquela noite. Estavam em pleno inverno e durante as madrugadas os termômetros caíam abaixo de zero. Menorah respirou fundo e deixou um rastro de ar quente atingir o pescoço de Elad, que se virou em sua direção de um só golpe. Ele endireitou a postura e levou seus lábios nos dela. Suas mãos acariciaram os seios fartos da esposa e ela cerrou os olhos numa demonstração de desejo. A essa altura, o frio havia se tornado apenas um distante espectador, assim como a penumbra que abraçava o quarto. Os dois caminharam com os corpos entrelaçados na direção da cama e se lançaram sobre o colchão. Menorah retirou a blusa do pijama que vestia o marido e passeou seus dedos pelos músculos rígidos de seus braços. Elad fez o mesmo, atirando para longe a camisola que cobria a esposa. Suas mãos deslizaram por sobre a pele lisa, macia e quente de Menorah até chegarem às pernas, parte do corpo dela de que mais gostava. O pênis enrijecido de Elad penetrou o corpo quente e molhado da esposa com fome e um sabor de saudade. Sua mente não conseguiu se lembrar por quanto tempo eles foram capazes de ficar sem fazer amor até aquela noite fria chegar. Não era tão importante assim. Naquele momento ele só queria se deliciar, sobretudo resgatar o casamento e a boa relação com sua mulher. E isso era tudo o que Menorah também desejava, além de ter o corpo torneado do marido por sobre o dela, até o sol clarear o cômodo no exercício de mais uma manhã.

TRINTA E SEIS

Tel Aviv, horas mais tarde

Judith olhava impaciente para o relógio preso à parede, ao lado das imensas janelas que decoravam o sexto andar do edifício e de onde se via praticamente toda a cidade de Tel Aviv, exceção feita à praia, que se acomodava em outra direção. Resolveu se levantar da cadeira e deixar para trás o cansaço de praticamente todo o dia de trabalho e mais de cinquenta minutos aguardando o Doutor Yakir Keshet sair do centro cirúrgico, aos fundos do mesmo andar. Colocou-se a caminhar a passos ansiosos de um lado para o outro, como se assim a espera deixasse de ser tão longa e dolorosa. Uma pergunta martelava insistentemente em sua cabeça, desde que recebera o recado de que o médico queria lhe falar: *O que será que ele quer agora?*

Sabia que depois do acidente as dificuldades só se fizeram aumentar. Daniel nunca mais voltou a andar, necessitando de auxílio inclusive para manipular a cadeira de rodas e se locomover. Tornou-se dependente do uso de fraldas, já que seu corpo deixara de controlar os esfíncteres de micção e evacuação. A alimentação era de concentração mais pastosa do que sólida, à base de sucos vitaminados e grossos, arroz do tipo empapado e sopas. Mesmo diante de todo esse cenário que se agravava a cada visita, o amado nunca fora um fardo para ela. Pelo contrário, Judith sempre se sentiu grata por ele ter mudado sua vida por completo. Dera-lhe um filho, gerado em uma relação de amor intenso, e recentemente abrira as portas de seu coração e a convidara para dirigir o Orfanato Yesher, que certamente já havia auxiliado a vida de centenas de crianças, e que ele mantivera em segredo por muitos e muitos anos.

— Sente-se, Stelar! O Doutor ainda vai demorar – orientou Orah, a voz seca, os olhos apontados na direção da enfermeira indicando reprovação.

Judith deu de ombros e continuou sua andança pelos corredores da Neurologia. Seus devaneios a levaram de volta ao amado e ela sorriu timidamente ao se lembrar das vezes em que ele conseguia conversar com ela.

Eram raros esses momentos, algumas palavras não faziam sentido, mas, ao final de uma frase construída a muito custo, entendia-se o contexto ou a ideia do que ele estava querendo lhe dizer. Uma lágrima escapou de cada um de seus olhos ao deparar-se com uma recordação em particular. Ao ser operado logo após o acidente e descobrir que nunca mais andaria, o Doutor Yakir Keshet deixou Judith a sós com Daniel e ele tossiu algumas poucas palavras, quase num sussurro. Talvez as mais conscientes dos últimos anos. Judith apresentava olhos avermelhados e inchados e inclinou-se para frente na tentativa de escutar o amado.

– *Fique tranquila, meu amor* – ele disse numa espécie de chiado. – *Eu não vou mais fugir* – completou, caindo na risada e transformando o cenho fechado e tenso de Judith em traços abertos e relaxados.

– Olá, Stelar, vamos entrar! – A voz grossa e intensa do Doutor Yakir Keshet a pegou num susto e seu corpo se enrijeceu de imediato.

Ela se preocupou em limpar as lágrimas que marcavam seus olhos e suas bochechas. Caminhou silenciosamente e de cabeça baixa ao encontro do médico. Cumprimentou-o com um beijo no rosto e entrou no consultório, a porta já se mostrava entreaberta.

Em seguida, jogou-se na cadeira.

– Stelar, me perdoe. Orah deve ter dito que eu estava em cirurgia.

– Sim, ela disse. Não se preocupe, Doutor.

Fez-se um grande silêncio. O médico encarou Judith por alguns minutos, os olhos atentos ao seu rosto.

– Você está esgotada, querida. Precisa descansar um pouco, caso contrário iremos perder você antes...

– Foi pra isso que você me chamou, Doutor? – a pergunta interrompeu a fala do médico, que engoliu o restante da frase.

– Não – ele respondeu de maneira tranquila e com a voz serena. – Stelar, fizemos tudo o que podíamos pelo senhor Lebzinski, mas os nossos recursos não vão mais conseguir contribuir com o tratamento que ele precisa a partir de agora.

— Doutor, eu não tenho para onde levá-lo — tais palavras saíram num sussurro suplicante. — Meu Deus!

— Tenha calma, querida. Nós não iremos abandoná-lo — alertou o médico.

— Doutor, me desculpe. Estou muito nervosa.

— Há um novo hospital em Tel Hashomer, conhecido como Sheba Medical Center, que está muito mais preparado e equipado do que a gente e aceitou o senhor Lebzinski como seu novo paciente. Ele ficará lá em tempo integral, inclusive nos finais de semana. Achamos perigoso ele continuar saindo e voltando nessa fase da vida. O hospital conta com uma extensa área externa, muito bonita, por sinal, e, ao visitá-lo, vocês poderão passear com ele, ler um livro, auxiliá-lo a pintar algumas telas — finalizou. — O que você acha?

— Que maravilha! Muito obrigada, Doutor. Não sei como agradecer.

— Não há necessidade disso, Stelar. Eu só preciso telefonar para o meu amigo, o Doutor Yoel Tomer, médico e diretor da área de Gerontologia do hospital, para solicitar a vaga e, assim que eles tiverem tudo acertado, o que deve demorar uma semana, no máximo, você o leva para lá.

— Você sabe quais são os horários de visita? — Judith perguntou, de soslaio.

— Acredito que os visitantes podem entrar em qualquer horário, segundo as novas normas do Hospital de Tel Hashomer. Foi o que o Doutor Tomer me falou ontem quando indiquei o senhor Lebzinski ao tratamento.

Judith lembrou-se da semana em que ficou internada com uma forte inflamação nos pulmões. Já fazia tanto tempo! Allen era muito pequeno e Daniel Lebzinski estava em Veneza. Nunca se sentira tão só em toda a sua vida. Um par de lágrimas se formou ao redor de seus olhos. Ela abaixou a cabeça, o cenho rubro e as sobrancelhas estreitas. A recordação daquele sentimento de solidão alfinetou seu peito em uma pontada ardida.

— Stelar? Você está bem? — As palavras do Doutor Yakir Keshet trouxeram Judith de volta à realidade.

— Estou sim. Na verdade, minha cabeça estava bem longe — gaguejou.

Judith era de acordo com essa nova política, desde que não interferisse no andamento do tratamento e não causasse risco ao paciente.

— Onde está o senhor Lebzinski?

— No orfanato.

— Stelar, é muito importante que você continue ministrando os alimentos daquela lista que te passei e inclua no cardápio dele a beterraba e o açafrão. Isso você terá que levar ao hospital, já que a alimentação do senhor Lebzinski é o que consideramos como pastosa. Esses ingredientes podem ajudar a minimizar os prejuízos da memória e a prevenir a aceleração de futuros comprometimentos.

— Doutor, eu tenho um filho com ele — Judith disse, com a voz trêmula e baixa, como se lhe contasse algo proibido. — E ainda conheço um garoto que nasceu do sêmen de Daniel Lebzinski.

Houve um minuto de silêncio.

— Por favor, Stelar, esses alimentos devem ser colocados à mesa deles também. Oriente-os da importância da prática regular de alguma atividade física e de um cotidiano sem muito stress. A herança genética é impiedosa e se caracteriza como o principal fator para o desenvolvimento do Mal de Alzheimer com início precoce, caso do senhor Lebzinski.

— Está certo, Doutor. Saindo daqui, eu passarei no mercado para comprar. Amanhã pela manhã eu levo tudo ao orfanato.

— Boa sorte, Stelar! Foi um enorme prazer e não se esqueça de dar uma passadinha por aqui para trazer notícias — o médico despediu-se estendendo a mão para cumprimentá-la.

Judith ergueu-se da cadeira e abriu os braços disposta a um abraço. Sentia-se muito agradecida por tudo o que o médico fizera por Daniel e por ela.

Ele se levantou e retribuiu o gesto.

— Vai dar tudo certo — finalizou o médico, antes de vê-la deixar a sala.

Judith ganhou as ruas em disparada. Sabia que o Hospital de Tel Hashomer gozava de um prestígio que o elevava a um dos três mais modernos hospitais de todo o mundo. Seus passos golfavam pelas calçadas de Tel Aviv de maneira rápida e veloz, mas agora aparentavam entusiasmo e felicidade. Seu semblante demonstrava o mesmo. Um largo sorriso se abriu em seu rosto e acompanhou Judith ao mercado para comprar os alimentos indicados pelo Doutor Yakir Keshet, seu anjo da guarda nos últimos anos. Revitalizou a lista de alimentos em sua cabeça assim que apanhou a cesta de compras: *chá verde, maçã, morango, brócolis, espinafre, chocolate meio amargo, sementes de cânhamo e linho, e, agora, beterraba e açafrão.*

Chegou em casa com a esperança de ter, após longos anos, uma noite despreocupada de sono, fato que não viria a acontecer, já que Allen tinha visita, o jovem Benjamim.

Aproveitou para preparar um cardápio especial. Unindo seus dotes culinários aos ingredientes solicitados pelo médico, serviu à mesa uma sopa de espinafre de entrada. O prato principal levava arroz com açafrão e brócolis grelhado salpicado com sementes de linhaça. Para beber, chá verde gelado, e de sobremesa, frutas vermelhas com calda de chocolate meio amargo.

Não conseguiu dormir um minuto sequer durante aquela longa madrugada, ao menos o jantar havia sido um sucesso, com inúmeros elogios por parte do filho Allen e de Benjamim, por quem já havia criado uma enorme afeição. Durante a noite passada em branco, um pensamento pulsava dentro de sua mente e roubava o pouco que restava de sua tranquilidade:

Um dia entenderemos essa doença por completo e o Mal de Alzheimer deixará de ser tão assustador. Hoje o que temos, além de algumas migalhas que tentamos juntar a todo custo, é o susto e a tristeza.

TRINTA E SETE

Jerusalém, um dia antes

A música *Run to the Hills*, do Iron Maiden, soou alto no aparelho celular, apoiado na cabeceira da cama, e fez Benjamim abrir os olhos de maneira preguiçosa. Os raios de sol já aqueciam o quarto e trocavam a escuridão da madrugada pela claridade da manhã. O braço desajeitado e descoordenado se lançou na direção do telefone.

— Alô — resmungou Benjamim, os olhos entreabertos.

— Fala Benja, tudo bem?

— Allen?

— Eu mesmo! Meu irmão, você está legal?

— Sim, é claro. Eu estava dormindo. Cheguei muito cansado ontem à noite.

— Já são 11 horas, soldado. Passou do tempo de estar em pé — Allen disse aos risos.

— Hoje eu só trabalho no período da tarde, meu irmão. Mas me diga o motivo da ligação, ou você só queria me acordar mesmo? — Benjamim retribuiu o riso.

Gargalhadas foram ouvidas vindas do outro lado do telefone.

— Não, meu querido. Liguei para te dar uma aula de boas maneiras.

— Como assim?

— Benja, meu irmão, como é que você faz amor com uma mulher linda daquelas e não pega nem o número do telefone dela para ligar no dia seguinte?

Benjamim soltou uma gargalhada e levou a mão ao rosto.

— Foi mal mesmo! — disse, enfim.

— Ainda dá pra consertar.

— Como? — perguntou Benjamim, de imediato.

— Salvina quer fazer um repeteco daquela festinha amanhã à noite. Até que horas você trabalha?

— Deixe-me ver, Allen. Um minuto — murmurou, erguendo-se da cama e pegando a agenda disposta na cômoda, ao lado da TV. Virou algumas páginas até encontrar o programa da semana. — Que coincidência! Eu trabalho esse sábado em Tel Aviv. Saio às 20 horas.

— Traga uma mochila com roupas limpas, e quando sair do expediente, venha direto para a minha casa — sugeriu Allen.

— Combinado! Ela te falou alguma coisa?

— Quem? Salvina?

— Isso.

— Que você é lindo — respondeu ele, em falsete, tentando imitar a voz de uma mulher.

— Palhaço!

— Benja?

— Sim.

— Sabe por que estou te convidando esse final de semana, na verdade?

— Imagino que tenha algo a ver com o nosso pai, Allen. Estou certo?

— Estava pensando em seguir minha mãe e gostaria que você fosse comigo. Se minha mãe conhece o paradeiro de Daniel Lebzinski, ela irá vê-lo, com certeza.

— Fechado! Te vejo amanhã, meu irmão — Benjamim despediu-se.

Assim que colocou as roupas dentro da mochila, fitou o horário no relógio do próprio celular e esbaforiu num resmungo, enquanto tirava o pijama e corria para debaixo do chuveiro.

— Não acredito! Estou atrasado!

TRINTA E OITO

Tel Aviv, sábado à noite

— Ninguém merece! — reclamou Laila ao ficar sabendo da reunião, marcada de última hora pelo diretor de Gerontologia do hospital, o Doutor Yoel Tomer.

Passou no banheiro feminino, o cenho fechado e a marcha apertada. Encontrou as outras duas enfermeiras de sua equipe, Faiga Hasya e Gina Malka, em frente ao espelho, penteando os cabelos e retocando a maquiagem.

— Olá, meninas! Sábado à noite deveria ser proibido marcar reuniões — desabafou, arfando o ar com fúria.

— Está tudo bem, Laila! Relaxe um pouco — aconselhou Gina.

Gina Malka era alta e esguia. Os cabelos tingidos de ruivo e a pele pálida e recheada de sardas lhe davam uma aparência mais jovial do que sua verdadeira idade, 22 anos. Tinha olhos azuis, grandes e arredondados. Além de colegas de trabalho, Laila e Gina haviam construído uma estreita amizade, daquelas que se confia segredos. Faiga era bem mais velha e costumava agir de maneira cautelosa. Tinha ficado viúva recentemente e cuidava sozinha de dois meninos gêmeos, Alex e Adam, e de uma cadela, apelidada de Laika, em homenagem ao primeiro animal a orbitar a Terra, em 1957, a bordo do foguete Sputnik 2, da antiga União Soviética.

Laila abriu seu estojo, passou lápis preto ao redor dos olhos, marcou os lábios de batom cor-de-rosa e fechou os botões do avental branco para esconder a camiseta preta do Metallica. Antes de sair, prendeu os cabelos num coque e lavou as mãos.

— Vamos — disse Faiga.

— Não há outro jeito mesmo, não é? — Laila comentou aos risos e abraçou Gina.

Seguiram as três caminhando lado a lado até a sala de reuniões, disposta no mesmo andar, ao final do corredor. Em um ano de estágio, que seria completado no dia seguinte, Laila nunca havia estado ali. As inúmeras reuniões das quais participou haviam sido feitas na própria enfermaria. Assuntos rápidos com temas objetivos e pontuais, tudo para não atrasar o atendimento aos pacientes.

Assim que colocou os pés dentro da sala de reuniões, um perfume de erva-cidreira afagou suas narinas e Laila foi tomada por uma espécie de bem-estar. Correu os olhos pelo cômodo e se encantou com o que testemunhou. O local era amplo e arejado. As paredes exibiam um tom amarelado que, segundo os comentários que circulavam pelos corredores do hospital, tinha sido escolhido pela esposa do diretor, afirmando que estimulava o cérebro a tomar boas decisões. Uma mesa circular em mogno com dezenas de cadeiras em volta tomavam boa parte do centro da sala. Ao fundo, em frente às janelas que mostravam a cidade, um telão de plasma apresentava em caixa-alta o que Laila desconfiou ser o motivo daquele encontro de última hora e de péssimo gosto, diga-se de passagem. O plano de fundo pintado em um cinza bem claro dava ainda mais destaque às duas palavras que podiam ser lidas:
NOVO PACIENTE.

Ela serviu-se de um copo de água, disposto sobre uma pequena cômoda ao lado da porta, e acomodou-se em uma das cadeiras, entre Gina e Faiga. Além das três enfermeiras e do diretor, a secretária Suhat Nadyr compunha a reunião da noite.

Por baixo da mesa, Laila soltou os sapatos disfarçadamente e engoliu um sorriso tímido. Suas pernas latejavam, ela parecia exausta. Aproveitou que a reunião estava por começar e refletiu a respeito do ano que havia passado tão depressa. Aprendera muito, o que ela valorizava, mas não teve tempo nem disposição para se divertir.

– Boa noite, meninas. Tudo bem com vocês? – saudou o diretor. – A reunião não será longa, mas há algo muito importante que quero dividir com vocês.

Laila ergueu os ombros e corrigiu a postura. Apertou os olhos na tentativa de afugentar os pensamentos que insistiam em roubar a sua atenção naquela noite de sábado.

O diretor prosseguiu:

— Como vocês estão vendo no telão, estaremos recebendo na semana que vem em nossos serviços um novo paciente. Ele foi indicado por um grande amigo, o Doutor Yakir Keshet, neurologista chefe do Hospital Ichilov. Pelo que colhi de informações a respeito desse paciente, trata-se de um senhor que dirige um orfanato em Nazaré e cuida de aproximadamente 100 crianças abandonadas.

Um silêncio invadiu a sala e permaneceu por alguns segundos.

— Há mais informações? — perguntou Laila, após erguer o braço.

— Aqui diz que ele ganhou muito dinheiro, mas preferiu viver de forma humilde e investir a maior parte de seus ganhos no Orfanato Yesher. Deixe-me ver... — Passeou com os olhos pelo papel todo rabiscado que segurava entre os dedos. — Ele ama pintura. Essa é uma ótima informação para as atividades ocupacionais. Há alguns anos ele foi diagnosticado com o Mal de Alzheimer, com manifestação precoce, logo após seu apartamento pegar fogo, em Neve Tzedek. Judith Stelar, uma amiga da família de longa data e enfermeira do Hospital Ichilov, onde o paciente reside durante toda a semana, é quem está à frente de tudo, cuidando dele e dirigindo o orfanato, pra onde ele vai aos finais de semana.

— Meu Deus! Que honra recebê-lo — sussurrou Laila, com o coração apertado. Certamente já estava criando uma empatia por ele, mesmo sem tê-lo visto.

— Absolutamente — confirmou o diretor.

— E qual o nome desse homem? — Laila perguntou, num rompante.

— Não acredito que me esqueci de dizer o nome dele. Na verdade, eu não anotei em meu papel. — O diretor caiu no riso. — Estão vendo no que dá marcar reunião de sábado à noite? — Todos o acompanharam nas gargalhadas.

— Doutor, quer que eu vá buscar a ficha dele? — a secretária Suhat Nadyr se ofereceu.

— Não é preciso, Nadyr. Laila pode ir, ela está na flor da idade — sugeriu o diretor. — Por favor, querida! A ficha do paciente está na secretaria, dentro de um envelope azul.

Ela assentiu em silêncio, um sorriso nos lábios. Ergueu-se da cadeira e tomou a direção do corredor. Seguiu caminhando com um único pensamento chuviscando em sua mente: *Sempre sobra para a estagiária.*

O envelope azul estava apoiado sobre o balcão da secretaria, ao lado do monitor do computador. Ele permanecia lacrado e a única coisa que dava para se ler além do carimbo do hospital era uma palavra escrita à tinta, que dizia: *Gerontologia.*

Laila apanhou o documento sem muito entusiasmo. Sentiu seu estômago roncar a falta de comida. Lembrou-se de que não colocava nada na boca fazia horas. Estava realmente faminta, os pensamentos sonhando com um sanduíche enorme, daqueles que transbordam maionese a cada dentada. Retornou à sala de reuniões lambendo os beiços e entregou o documento nas mãos do diretor.

– Obrigado, Laila – ele agradeceu, abrindo o envelope.

– De nada – respondeu ela, educadamente.

O diretor estudou a ficha do paciente por alguns segundos. O silêncio novamente se fez notar.

– Está aqui. Encontrei. Ele se chama Daniel Lebzinski.

– Quem? – Laila perguntou, espantada, enquanto seus dedos tocavam o aparelho celular.

TRINTA E NOVE

Tel Aviv, naquele mesmo instante

Salvina havia acabado de retirar a última peça de roupa que cobria sua completa nudez, mesmo debaixo do frio que castigava Tel Aviv, naquele sábado à noite. Benjamim havia confessado a ela que não podia voltar muito tarde. Allen e ele precisavam acordar cedo para que o plano de seguir Judith não desse furo. Benjamim parecia relaxado, sentado na cama, as costas apoiadas na cabeceira, os olhos injetados no corpo escultural daquela belíssima mulher.

– Gostosa! – deixou escapar, enquanto suas mãos passeavam pelas curvas de Salvina.

Ele estava excitado, a pele arrepiada, a respiração ofegante e a boca seca.

Salvina primeiro o encarou com um sorriso meigo e feliz. Depois o beijou no pescoço.

Então, um bip soou alto de dentro do bolso da calça de Benjamim e chamou sua atenção para bem longe dali.

– Não atenda agora, Benjamim! – pediu Salvina, a voz em tom de súplica. Ela o abraçou.

– É uma mensagem. Só vou verificar quem mandou – disse, desvencilhando-se dos braços dela. Alcançou o celular no bolso e conferiu em *Mensagens Recebidas* o nome de Laila. Apertou o botão *OK* em *Ver Mensagens* e leu o conteúdo:

Posso te ligar, Benja? É importante.
Bjs. Laila.

– Quem é, meu lindo? Parece que você viu um fantasma.

– Salvina, a mensagem é da minha ex-namorada, Laila. Já te falei a respeito, não se lembra? Vou responder que agora estou ocupado e que não posso atendê-la. Ela queria me ligar. Tudo bem? – disse calmamente enquanto seus dedos pulavam de uma tecla a outra.

Laila, podemos nos falar na segunda?

Estou muito ocupado. Bjs. Benja.

Salvina deu de ombros, cerrou o cenho e, em absoluto silêncio, vestiu-se com uma camisola. Sem proferir nenhuma palavra, saiu do quarto.

– Salvina! – Benjamim gritou, num sobressalto, tentando impedir que ela o deixasse.

Mas não conseguiu.

QUARENTA

Nazaré, manhã de domingo

A cidade de Tel Aviv amanheceu debaixo de uma intensa névoa. O vento frio agitava as folhas das árvores e afastava as pessoas das ruas. Allen acordou Benjamim o mais silenciosamente possível e eles ficaram atentos aos movimentos de Judith. Se eles estivessem certos, ela sairia de casa para encontrar Daniel Lebzinski, pai de ambos, ou pelo menos deixaria pistas a respeito de seu paradeiro, o que os ajudaria para uma futura e eventual investida.

— Pegue as chaves do carro — Allen disse, num sussurro.

— Já estou com elas — respondeu Benjamim, a voz carregando o mesmo tom de voz.

Uma batida na porta e dois estalidos metálicos, indicando o virar das chaves, puderam ser ouvidos de dentro do quarto de Allen no momento em que Benjamim e ele terminavam de se vestir.

— Vamos! Minha mãe acabou de sair.

Benjamim alcançou a saída em três saltos e aguardou Allen destrancar a porta, batendo os pés de maneira impaciente.

— Tire o carro da garagem! Espero você em frente ao prédio.

— Feito.

Benjamim entrou em seu Chery QQ em menos de um minuto. Deu a partida e saiu em disparada com os pneus gritando no asfalto liso da garagem assim que o motor do carro ganhou vida. Allen se encontrava em frente ao portão do edifício à sua espera.

— O táxi virou à direita — ele disse, apontando o dedo indicador naquela direção.

— Tem certeza de que aquele é o carro que sua mãe pegou? – Era um Corolla branco, da Toyota, disparado o automóvel mais vendido e mais visto pelas ruas de Israel.

— Quase — respondeu, relaxando os ombros e deixando escapar um riso.

– Essa história toda daria um bom livro.
– Ou um ótimo filme, Benja.
– Ou os dois. – A gargalhada foi tanta que Benjamim passou da curva onde o táxi de Judith havia entrado.
– E agora? Vamos perdê-la.
– Não vamos. Eu prometo! – Benjamim afirmou, girando o carro no interior de um posto de gasolina, atravessando um quarteirão pela contramão, que, diga-se de passagem, estava entregue às moscas, e desembocando na rua em que o Corolla branco cursava.
– Boa, meu irmão!
– Allen, confie em mim.
– Essa foi por pouco. A sorte é que a cidade está completamente vazia.
– Vou dar certa distância dele para que o motorista não perceba que o estamos seguindo.
– Isso mesmo – Allen aquiesceu.

O silêncio imperou no interior do carro por um longo tempo. Mas, assim que o táxi desembocou na Autoestrada de número 06 e uma indicação para a região da Galileia e da cidade de Nazaré surgiu no interior de uma placa, Allen fechou o cenho e quebrou a quietude.

– Não deve ser ela no táxi. O que minha mãe faria em Nazaré?
– Nosso pai pode estar morando lá – arriscou Benjamim, tentando analisar a situação de maneira otimista.
– Duvido. Chegue mais perto para eu dar uma espiada e ver se é ela.
– OK. Mas tome cuidado. Se sua mãe estiver no táxi e por um acaso ela ver você, estaremos perdidos.
– Confie em mim, Benja! – Allen disse, sorrindo de modo genuíno.

Benjamim pisou fundo no acelerador e o Chery QQ ganhou velocidade e comeu alguns metros. A visibilidade era difícil. A neblina não permitia enxergar muito mais do que alguns poucos centímetros à frente e a silhueta das cordilheiras de terra e pedra abraçando a estrada pelas laterais. No sentido contrário, um caminhão jogou farol alto indicando que à frente havia algum perigo. De fato, uma enorme poça de óleo que tingia o tom cinza do asfalto de negro podia ser vista de longe. A luz de freio do Corolla branco se acendeu e ele foi desacelerando. Benjamim aproveitou para encurtar a distância, colando seu para-choque dianteiro na traseira do táxi.

— É ela — gritou Allen, ao avistar o lenço vermelho florido que cobria os cabelos de sua mãe.

— Como você sabe?

— A echarpe — disse. — Daniel, ou melhor, nosso pai deu a ela alguns anos atrás.

— Pode ser outra mulher usando um lenço parecido — Benjamim colocou a certeza do irmão em dúvida.

— Esse tom de vermelho, cor de rosto envergonhado, só ela usaria e porque foi presente de nosso pai — argumentou.

Benjamim se entregou às gargalhadas.

— Só você mesmo, meu irmão! Eu confio em você!

A névoa havia perdido boa parte da força, sobretudo por conta do sol, que já dava o ar de sua graça, mas sem perturbar o frio, que gelava os ossos dos poucos israelenses que se arriscaram a sair de casa. Ao fundo se descobria a região da Galileia, com suas altas e esverdeadas montanhas e o azul do mar. À esquerda, a cidade de Nazaré já conseguia observar a chegada de Allen e Benjamim, logo atrás do táxi branco que conduzia Judith.

Benjamim continuou seguindo na cola do táxi quando este contornou a Praça *Peresen*, tomando o rumo da Rua Hazikaran, perdida entre as sombras e as folhagens, e o viu desembocar à direita na Rua Vajekaran, uma estreita e sinuosa viela. Serpenteou por entre casas geminadas, árvores nuas e sujeira pelas calçadas até o Corolla estacionar em frente a um casarão caindo aos pedaços.

— Que diabo de lugar é esse? — murmurou Allen, olhos injetados na direção de sua mãe, que descia do carro. — Benja, não pare. Dobre à direita e estacione na próxima esquina.

Benjamim acatou as ordens do irmão e encostou o carro alguns metros à frente. Escondeu-se ao lado de Allen atrás de uma banca de jornal, disposta do outro lado da rua, quase em frente aos portões enferrujados do casarão. Judith carregava uma sacola de compras em uma das mãos e com a outra afundou o dedo na campainha.

— Acho que agora vai aparecer um fantasma e convidar sua mãe para o almoço – brincou Benjamim.

— Silêncio! – retrucou Allen, aos risos. – Está vindo alguém – completou.

Um homem de pele morena e cabelos Rastafári aproximou-se de Judith. Abriu o portão e conferiu-lhe um abraço. Apanhou a sacola e disse-lhe algumas palavras. De onde Allen e Benjamim estavam não dava para escutar nada além de um pássaro zunindo, que descansava sobre a placa que sinalizava o nome da rua.

— Eles estão entrando – disse Allen.

Benjamim sentou-se na calçada e apoiou as costas contra o poste a fim de aguardar ao lado da banca, local que ainda escondia seu irmão. Um miado de ferrugem gritou vindo do casarão, alguns minutos depois. Os dois se mostravam atentos a todo e qualquer movimento. Viram Judith despedir-se do Rastafári com um beijo no rosto e retornar ao táxi, que a esperava com a luz de alerta piscando, a dois passos do portão. Ela entrou no Corolla e desapareceu na primeira curva. Rastafári já não se encontrava no quintal. Havia retornado para dentro do casarão, que aparentava novamente estar entregue ao abandono, não fosse o ruído grave da porta batendo ao se fechar. Allen ofereceu a mão para Benjamim e o ergueu de um só golpe.

— Benja, vamos! – disse, tomando coragem.

— Embora?

— Claro que não! Vamos tocar a campainha e descobrir que lugar é esse!

— Você ficou maluco? O que vamos falar?

— Na hora a gente pensa em alguma coisa.

— Que número a casa está marcando?

— Sessenta e sete.

— Allen, eu tive uma ideia – acenou Benjamim, a voz confiante.

A cada passo o casarão se tornava ainda mais assombrado. A palavra desistir veio à mente de Benjamim. Tarde demais. Ele ouviu o disparo da campainha gritar alto e observou o dedo de Allen grudado ao interruptor. Um vulto pôde ser notado aproximando-se da porta. O homem que viram poucos minutos atrás, de pele morena, nariz pontiagudo e cabelos Rastafári, que aparentava ser um sujeito de extrema simpatia, surgiu das sombras e caminhou lentamente até o portão.

— Em que posso ajudá-los? – perguntou, de maneira educada.

— Aqui é o número 67 da Rua Vajekaran? – Benjamim retrucou, na tentativa de ganhar tempo. Não conseguiu pensar em nada diferente.

— Isso mesmo. Quem vocês estão procurando? Dois meninos saíram correndo pela porta que dava acesso ao interior da casa com uma bola de futebol não mãos. Suas roupas estavam limpas, mas, além de parecerem ter saído de dentro de uma caixa de fósforos, de tão amarrotadas, podiam vestir quatro de cada um daqueles garotos, de tão grandes.

— Aqui é a Escola Infantil de Nazaré? – Benjamim arriscou, quebrando o silêncio e disfarçando o embaraço.

— Não, meu amigo! Isso aqui é um orfanato – Rastafári disse. – Agora, se me dão licença, vou entrar, pois tenho muito trabalho a fazer.

— Perdoe-nos o engano! – rugiu Allen, de imediato, interrompendo o caminhar do homem. – Gostaríamos de reparar o equívoco ajudando em alguma coisa.

— Será uma grande honra – Rastafári girou o corpo e se postou novamente de frente para os dois.

— Meu nome é Allen e este é meu irmão, Benjamim. Muito prazer!

— O prazer é todo meu. Eu sou Dedeh, mas podem me chamar de Rasta ou Rastafári.

Um silêncio se desenhou entre eles. Os meninos encaravam Allen e Benjamim enquanto batiam a bola contra o chão. Um deles era magro e vestia um boné amarelo, o outro era gorducho e estava descalço. Benjamim ofereceu um sorriso. Recebeu do magricela outro de volta. Acenou com uma das mãos e ele retribuiu o gesto.

— Quer jogar? – perguntou o gorducho, a voz entre os dentes.

Antes que Benjamim pudesse responder, Dedeh interrompeu aquele princípio de amizade e ordenou aos meninos, com a voz enérgica:

— Entrem! Está na hora da lição de casa!

Os dois obedeceram cabisbaixos, não antes de um tímido gesto de despedida com as mãos. Benjamim lhes jogou um beijo e sorriu. Uma gota de lágrima desceu de um de seus olhos.

— Perdão – disse, levando as mãos ao rosto.

Comovido, Dedeh amoleceu o semblante fechado.

– Vocês querem nos fazer uma doação?

– Queremos, mas não temos ideia do que doar. Quando chegamos, havia uma senhora lhe entregando uma sacola. Ela estava doando alimentos? – Allen perguntou para ganhar tempo novamente.

– Sim. Mas ela trouxe aquela sacola ao meu tio que está doente e precisa ingerir alguns alimentos especiais que podem auxiliá-lo na preservação do que ainda lhe resta de memória.

– O que ele tem? – Benjamim perguntou.

– Alzheimer.

Aquela resposta os pegou de surpresa e soou como um tiro de espingarda na tentativa dos dois de continuar com aquele jogo de perguntas casuais por mais alguma informação.

– Qual o nome de seu tio? – Allen proferiu, aos sussurros.

– Prefiro não dizer – Dedeh respondeu, retirando um pequeno papel do bolso, que ofereceu a Benjamim. Em seguida, virou-se de costas e caminhou até alcançar o interior da casa. De lá, ainda teve a atenção de dizer: – Liguem, caso queiram mesmo ajudar.

– Está bem! Vamos ligar, com certeza – Allen respondeu, mas as palavras atingiram a porta fechada.

Durante a volta, uma atmosfera de tristeza chuviscou dentro do carro. O êxito não obtido somado à realidade daquelas crianças resultou numa quietude lúgubre, que acompanhou os irmãos por todo o trajeto. Mas uma questão permaneceu em aberto e cutucou a mente de Benjamim enquanto o Chery QQ corria pela estrada.

Já em Tel Aviv, após estacionar o carro em frente ao edifício onde Allen morava, acabou dando com a língua nos dentes e as palavras escorregaram de sua garganta feito água morna:

– Será que o tio do Rastafári é quem eu estou pensando?

– Nosso pai?

– Exato.

– Não sei, meu irmão. Não quero mais pensar nisso hoje.

QUARENTA E UM

Tel Aviv, um dia depois

Aproveitando que as temperaturas haviam subido consideravelmente em relação ao final de semana e que o sol transformava aquela segunda-feira oficial de inverno em mais um dia quente de verão, Laila resolveu almoçar na lanchonete do primeiro piso. Desceu as escadarias do Hospital de Tel Hashomer e desembocou em frente às mesas do restaurante, espalhadas pelo amplo salão, onde foi atacada pelo perfume maravilhoso dos falafels e das esfihas, seus pratos preferidos. Enquanto bebericava o suco de romã e aguardava a porção de falafels com homus e as esfihas de catupiry, lembrou-se com saudade, primeiro de sua mãe, que cozinha como ninguém, e, em seguida, de Benjamim, que amava com todas as suas forças. Sem dar chance às dúvidas, apanhou o telefone celular, adormecido no bolso do jaleco branco que vestia por cima de uma camiseta regata do Sabaton, banda de heavy metal da Suécia, e ligou para ele. Uma angústia foi tomando conta de seu peito ao ouvir os toques da chamada se perderem no tempo. Cerrou os olhos com tristeza e guardou o celular. Pegou um dos falafels, quentinhos e crocantes, mergulhou-o no homus e deu a primeira mordida. Estava faminta até pouco tempo atrás, mas o insucesso do telefonema ao amado embrulhou seu estômago de tal maneira que comer tornou-se muito mais um ritual biológico do que propriamente uma satisfação prazerosa. Recordou-se com carinho do dia em que sua mãe tentou lhe ensinar a preparar o prato que hoje comia mecanicamente:

— *Filha, primeiro você deve deixar o grão de bico de molho de um dia para o outro. Em seguida, troque a água e cozinhe na panela de pressão até ficar numa consistência macia. Passe no liquidificador com um pouco da água do próprio cozimento e misture com o molho de tahine. Adicione limão, sal e alho amassado. Por último, regue com um pouco de azeite e enfeite o prato com salsinha picada ou folhas de hortelã. Falafel é mais fácil ainda. Pegue o restante do grão de bico que ficou de molho, retire a casca e coloque no moedor. Acrescente cebola e salsinha picadas, uma batata média ralada bem fina, sal, fermento e cominho em pó. Com as mãos, faça os bolinhos e coloque-os para fritar em óleo bem quente. Se quiser, adicione Bahar, uma pimenta Síria deliciosa. Pronto! Sirva quente ou frio.*

A única vez que se arriscou e testou seus dotes culinários foi quando marcou um piquenique com Benjamim, no Jardim de Getsêmani, num domingo de primavera. Dois anos já tinham se passado, mas Laila se lembrava como se fosse ontem. Na oportunidade, atravessara a manhã toda preparando o prato. Quando levou os bolinhos ao óleo quente, vieram o desastre e o desespero. Eles se desfizeram por completo. Resolveu comprar uma porção pelo caminho, jogou as embalagens fora e divertiu-se ao escutar os elogios do amado. Nunca disse a ele de onde vieram aqueles falafels.

– *Está uma delícia, Laila! Você cozinha melhor que sua mãe* – Benjamim dizia, lambendo os dedos e ela só fazia rir.

Uma lágrima já se descobria em um de seus olhos no exato momento em que o piano de entrada da música *The Coming Curse*, do Iced Earth, soou em seu celular indicando uma chamada.

– É de Benjamim – deixou escapar ao ver o nome dele no visor do telefone.

– Alô – atendeu, sua voz parecia ansiosa.

– Laila?

– Sim.

– Quanto tempo!

– Conversamos pela última vez há mais ou menos um ano.

– Nossa! Como o tempo passa – Benjamim disse, com a voz amena.

– Tem coisas que não passam com o tempo, não é, Benja?

– Verdade, Laila.

– Saudades de você, meu amor! – sussurrou ela, quase se esquecendo do motivo que a fez telefonar para ele na noite do último sábado.

– Eu também.

– Tenho algo muito importante para lhe contar, Benja.

– Pode falar – disse, com coragem. Inúmeros pensamentos surgiram na mente de Benjamim e pisotearam sua paz.

E se ela estiver se casando e me convidando para ser o padrinho?

— Tem que ser pessoalmente, meu amor!

— Você adora fazer esse tipo de suspense. Sabe mais do que ninguém que eu morro de curiosidade — comentou aos risos. — Espero que não esteja de casamento marcado e queira me entregar os convites — completou aos risos.

Por dentro, aquela brincadeira tinha um ar investigativo.

— Não seja bobo, Benjamim.

— Isso me deixa mais tranquilo! — respirou, de maneira aliviada. — Laila, você pode me adiantar sobre o que é?

— Sobre seu pai.

— Elad? O que tem ele?

— Não, seu tonto. — Os risos tomaram parte dos segundos seguintes. — Sobre o outro — disse, ao se recompor.

— Daniel Lebzinski?

— Isso.

— O que tem ele?

— Já te disse! Só vou te contar se for pessoalmente. Quando você pode vir pra cá?

— Sexta à noite.

— Estarei te esperando.

— Eu te... — A palavra amor ficou engasgada na garganta de Benjamim, que não reuniu coragem para deixá-la escapar. — Eu te vejo na sexta — completou, com a voz trêmula.

— Combinado. Ligue-me quando chegar a Tel Aviv.

— Feito. Adorei falar com você, Laila. Beijão.

— Eu também. Beijos. — Ela desligou o aparelho e trocou a lágrima que estava prestes a escorrer pelo seu rosto por um sorriso aberto e feliz. O objetivo agora era tentar administrar a ansiedade ao longo da semana, tarefa para lá de difícil.

QUARENTA E DOIS

Jerusalém, enquanto isso

O jarro de vidro contendo suco de laranja natural foi colocado à mesa, no único espaço vazio, entre a cesta de pães e um prato tomado por homus. Frutas, salada de tomate com pepino, café preto esfumaçante e fatias de bolo de cenoura com cobertura de chocolate, especialidade de Menorah, completavam o desjejum matinal.

– Quer café ou suco, meu amor?
– Eu tive uma ideia! – bradou Elad, sem dar importância à pergunta da esposa.

Menorah não se incomodou em ser ignorada. Apanhou o jarro de suco, encheu um copo e acomodou-o próximo ao prato onde Elad se servira de homus e dois pedaços de pão.

– E qual é a sua ideia? – ela resolveu perguntar, quebrando o silêncio.
– Podíamos trazê-lo aqui para morar conosco – respondeu Elad, entre uma mordida e outra.
– Ele quem?
– O pai de Benjamim.
– Santo Deus, Elad! Você pirou de vez.

Envolto em seus pensamentos, com o olhar perdido em algum lugar longe dos alimentos dispostos à mesa do café, sobretudo ao que a esposa lhe dizia, Elad continuou a elucubrar seu plano.

– Ele pode ficar no cômodo dos fundos ou no quarto de hóspedes.
– Meu amor, esqueça isso! Nós mal sabemos onde ele está.
– Menorah, tem que dar certo! Estaríamos juntos, Lebzinski e eu, desempenhando o papel de pai de Benjamim. O que faltasse em mim ele daria conta e vice-versa.
– Eu sei muito bem o que lhe falta, Elad! Miolos! – Menorah disse, num grito estridente, ao bater com as mãos na mesa. O suco de laranja

se estremeceu dentro do jarro como num maremoto e por pouco não saltou por sobre a mesa.

— Só estou tentando pensar num jeito de ficarmos todos bem. Perdoe-me, querida!

— Falando nele, onde está o nosso filho?

— Ao telefone.

— A essa hora?

— Laila.

— Como você sabe?

— Eu ia chamá-lo para tomar café, mas desisti quando escutei Benjamim falando o nome dela. Achei melhor não me intrometer.

— Já são quase onze horas! Ele deve estar atrasado — Menorah emendou, preocupada.

— Fique tranquila, querida! Benjamim é responsável.

— Quer mais uma fatia de bolo, amor?

— Sim.

Menorah serviu o marido e, aos solavancos, deixou a cozinha.

Não creio! Ela foi atrás dele, reclamou Elad em pensamento. Ainda mergulhado em sua mente, outro devaneio assaltou sua paz, mas agora ele resmungou em voz alta:

— O que há de errado em morarmos todos juntos? Só precisamos encontrar o filho da puta e convencê-lo a se mudar para cá.

Na verdade, a impotência biológica de Elad, que durante todo o namoro e o início do casamento com Menorah não ganhou tanta importância, hoje se fazia presente em cada uma de suas respirações, em todos os seus gestos, pensamentos e palavras, ditas ou não. Elad sentia-se realmente impotente, não só fisicamente.

Passos firmes e pontiagudos se aproximaram da cozinha e Menorah pôde ser vista rompendo a porta com velocidade.

— Benjamim já está tomando banho — ela sentenciou.

Elad deu de ombros.

QUARENTA E TRÊS

Tel Aviv, após alguns minutos

Daniel havia acabado de chegar ao saguão do Hospital Ichilov. Passava das onze da manhã, horário que ele costumava estar pronto para o almoço. O trânsito de Nazaré a Tel Aviv estava um inferno absoluto, atípico nas manhãs de segunda-feira, congestionado de carros, ônibus e caminhões se locomovendo debaixo de um sol que fritava o asfalto. Documentos o separavam de seu novo lar, o Hospital de Tel Hashomer. Sua cadeira de rodas se achava de frente para uma das pilastras que sustentavam o edifício. Era tudo o que seus olhos conseguiam capturar, pilares!

Nada bonito! Tampouco atraente! Ele se agitou sobre o estofado, e o atrito da roda com o mármore que revestia todo o piso do hospital resultou num grito fino e agudo. Queria virar a cadeira. Não obteve sucesso. Balbuciou alguns ruídos, que saíram rosnados de sua garganta como se fossem roncos noturnos.

– Hum. Hum. Hum.

– Tenha calma, senhor Lebzinski – um homem vestido de branco da cabeça aos pés sussurrou, enquanto tocava com a mão em seu ombro na tentativa de confortá-lo. – Nós já iremos subir ao quarto – completou.

Mas essas palavras estavam longe de atingir o que o doador de sêmen desejava. Estava calmo, só queria girar levemente a cadeira para que seus olhos pudessem ver os raios de sol, que penetravam pela porta principal do hospital e pintavam de amarelo-ouro todos os cantos do primeiro piso. Desistiu. Apoiou o queixo no peito e assim permaneceu por longos minutos, tempo que já não fazia o menor sentido para ele.

Horas? Minutos? Segundos? A esta altura só uma coisa o orientava: saciar sua vontade.

Um vento forte soprou das janelas escancaradas da entrada do saguão e um incômodo gelado arranhou sua pele. Novamente seu corpo se movimentou, mas agora lembrava um espasmo. Uma manta era tudo o que desejava. Estava sentindo frio, mas como dizer? Como se fazer entender?

Os pelos de seus braços nus se retesaram e os olhos do doador de sêmen se voltaram na direção do enfermeiro. Gostaria que aquele jovem rapaz vestido de branco tocasse sua pele e percebesse que ele necessitava de algo para se cobrir.

— Hum. Hum. Hum — balbuciou novamente, o corpo quase saltando para fora da cadeira.

— O que houve? — perguntou o enfermeiro, a voz firme e impaciente. Os olhos do doador de sêmen o encaravam. — Por favor, senhor Lebzinski, sossega! — ordenou, por fim, passando os dedos por entre seus cabelos brancos e ralos.

Ele se conformou por mais uma vez. Não se tratava de agitação. Só queria se expressar com o corpo, já que as palavras não se formavam mais. Uma lágrima despontou em um de seus olhos e escorregou por toda a extensão de sua face, seca, flácida e onde se depositavam algumas pequenas feridas.

— Vamos para o quarto, senhor Lebzinski — disse o enfermeiro, girando a cadeira de rodas na direção dos elevadores. Um sorriso se abriu nos lábios do doador de sêmen assim que um dos raios de sol atingiu sua visão. Ele ergueu a cabeça. Naquele momento, sem conseguir quantificar os segundos, estava na posição que tanto desejara.

— Hum. Hum. Hum — murmurou de felicidade, com os olhos grandes e arredondados.

— Viu como eu te conheço, senhor Lebzinski? Eu sempre soube que você queria ir para o quarto.

A cadeira de rodas sofreu mais um giro e o sol voltou a desaparecer do alcance de sua visão. Conduzido pelo enfermeiro, o doador de sêmen entrou no elevador e enterrou a cabeça no peito assim que sua imagem surgiu diante do espelho.

— Neurologia? — a ascensorista perguntou.

— Exato — respondeu o enfermeiro.

Pares de lágrimas puderam ser testemunhados.

— O que há com ele?

– Hoje ele acordou bem depressivo e agitado – disse o enfermeiro.
– Acho que ele precisa dormir – a ascensorista arriscou.
– Exatamente – concordou. – Até logo – o enfermeiro despediu--se, puxando a cadeira para fora do elevador.
O doador de sêmen foi levado ao quarto logo em seguida, onde passaria o restante do dia deitado na cama.

QUARENTA E QUATRO

Tel Aviv, quinta-feira

— Alô?
— Judith Stelar, por favor?
— É ela.
— Aqui é Suhat Nadyr, secretária do Hospital de Tel Hashomer. Eu falo em nome do Doutor Yoel Tomer.
— Como vai?
— Bem, obrigada. Você pode trazer o senhor Lebzinski amanhã pela manhã?
— Sim — respondeu, sem pensar direito. — Eu darei um jeito — disse, por fim.
— Está tudo pronto para recebê-lo. O Doutor Yoel Tomer gostaria de conversar com você a respeito de nosso tratamento e dos eventuais procedimentos que se farão necessários. Ele costuma deixar os familiares do paciente a par de tudo que envolve a doença.
— Tudo bem! Eu estarei à disposição.
— Obrigada! Até amanhã.
— Até. — Judith desligou o telefone sem colocá-lo no gancho.
Aproveitou para discar o número do Hospital Ichilov. Precisava urgente falar com o Doutor Yakir Keshet. Após três toques atingindo o vazio, uma voz conhecida pôde ser ouvida:
— Neurologia, bom dia!
— Orah?
— Sim.
— Judith.
— Fala, meu anjo.
— O Doutor Yakir Keshet está em sua sala?
— Já estou passando a ligação pra ele, aguenta na linha dois minutos.

Que sorte, pensou, enquanto aguardava. Um piano soava do outro lado da linha e parecia aumentar o tempo de espera. Judith arfou ansiosamente.

— Stelar? — a voz grossa do médico interrompeu a música.

— Doutor, a Suhat Nadyr, secretária do Hospital de Tel Hashomer, acabou de me ligar.

— E?

— Eles estão esperando Daniel amanhã pela manhã.

— Que ótima notícia!

— O que faremos, Doutor?

— Deixarei tudo pronto. Passe aqui por volta das 9 horas e leve as coisas dele.

— E ele, Doutor? Não vou conseguir levá-lo.

— Não se preocupe, Stelar. — Uma pausa. — Ele irá de ambulância antes mesmo de você chegar aqui. Você só terá o trabalho de carregar as malas.

— Obrigada, Doutor — Judith agradeceu.

— Não há de quê.

— Doutor?

— Oi.

— Você é uma das melhores pessoas que eu já conheci nesta vida.

— Stelar, penso o mesmo em relação a você.

— Até amanhã, Doutor.

— Até.

Judith piscou com os olhos úmidos. Inúmeros pensamentos flecharam sua mente. Respirou num desabafo e disse para si mesma:

— Tenho que avisar Dedeh.

Discou o número do orfanato. Ele mesmo quem atendeu.

— Orfanato Yesher, bom dia!

— Judith Stelar.

— Olá, querida, tudo bem? Algum problema? — perguntou Dedeh, com a voz assustada.

Quando se tem alguém com Mal de Alzheimer na família, o simples toque do telefone pode parecer como o apertar do gatilho num jogo de roleta-russa. Tudo pode acontecer e a notícia pode vir acompanhada por um tiro na garganta, pensou ela, demorando-se a responder.

— Judith?

— Estou aqui — disse, desabando em lágrimas.

— O que aconteceu? — Dedeh ergueu o tom de sua voz.

— Não é nada — soluçou. — O Hospital de Tel Hashomer irá recebê-lo amanhã.

— Graças a Deus, Judith!

— Você quer vir comigo?

— Eu não posso! Amanhã estarei enrolado. Tenho uma reunião a respeito de uma adoção.

— Tudo bem! Boa sorte na reunião. Depois me passe tudo.

— Boa sorte pra você também.

— Até logo!

— Judith, me telefone se algo der errado.

— Eu o farei — confirmou Judith, levando o telefone ao gancho.

Mergulhou o corpo sobre a cama, ainda desfeita, e se colocou a chorar. Dormiu o restante do dia, aproveitando para recompor suas energias. Reuniu coragem para se levantar quando os ponteiros do relógio, preso à parede de seu quarto, marcavam 6 horas.

A sexta-feira amanheceu sob uma fina e intermitente garoa, mas os termômetros apontavam para os 31°C. Estava muito quente. Na verdade, o ar parecia o bafo febril de uma lareira acesa. Judith passou rapidamente pelo chuveiro, vestiu-se com a roupa do trabalho, engoliu uma maçã e beliscou uns pedaços de queijo branco antes de ganhar a rua. Olhou na direção do relógio, este, agora, ao redor de seu punho esquerdo. Aproveitou que era cedo, 7h35, e entrou no mercado. Refez a lista dos alimentos sugeridos pelo Doutor Yakir Keshet e seguiu a passos tranquilos e confiantes na direção do Hospital Ichilov. Um leve sorriso se delineou em seus lábios. Ela parecia feliz.

Orah, a pedido do médico, aguardava Judith no térreo, saguão principal do hospital. Sem atrasos, apanhou as bolsas, uma contendo roupas e outra repleta de fraldas, e chamou um táxi. Despediu-se da amiga e, sem que as palavras precisassem sair em voz alta de sua boca, desejou-lhe boa sorte.

O caminho para Tel Hashomer se apresentava livre de congestionamento. Ainda era cedo para a maioria dos israelenses. Passados vinte e cinco minutos, quase do outro lado da cidade, as imensas torres cercadas por áreas verdes, jardins floridos e coloridos, e árvores robustas, se precipitaram aos olhos de Judith. Encantada, perguntou ao taxista:

— Isso aqui é um hospital ou uma universidade?

— Hospital de Tel Hashomer aos seus pés, minha senhora! – respondeu, aos risos.

— Meu Deus! Que lugar lindo – saudou, a voz presa entre os dentes.

Apanhou as duas malas assim que pagou o motorista e deixou o carro. Colocou a sacola com os alimentos pendurada no antebraço e seguiu as placas que indicavam o setor de Gerontologia. Dobrou a primeira ruela à esquerda, subiu uma escadaria rasa e se deparou com um saguão de se fazer inveja a qualquer hotel cinco estrelas do mundo. Pilastras enormes abraçavam o salão principal, cuidadosamente revestido em granito branco polar. Uma fonte cercada por árvores se destacava no centro do cômodo, em frente a imensas janelas de vidro, por onde os raios de sol, tímidos naquela manhã, eram convidados a entrar. Uma moça jovem, muito bonita, vestida de branco da cabeça aos pés, a aguardava na porta acompanhada por um largo e gracioso sorriso.

— A senhora é Judith Stelar?

— Sim. E você, quem é?

— Meu nome é Laila. Sou enfermeira. Muito prazer! – disse, estendendo a mão para cumprimentá-la.

— O prazer é todo meu.

QUARENTA E CINCO

Tel Aviv, duas horas depois

Naquela mesma manhã, quando os ponteiros do relógio preso ao pulso de Judith anunciavam a chegada do meio-dia, o Doutor Yoel Tomer a recebeu em sua sala. Para sua surpresa, o médico trazia em seu cenho uma aparência jovial de recém-formado. Sua pele era pálida, salpicada por sardas, os olhos amendoados, o corpo longilíneo e magricela, os cabelos compridos, e exibia no rosto um sorriso largo e gratuito.

— Senhora Stelar, muito prazer! – ele disse, com o corpo apoiado na porta entreaberta.

— O prazer é todo meu, Doutor.

— Entre, por favor! – convidou o médico.

Os olhos de Judith se arregalaram ao avançar pelo cômodo. Por alguns minutos pensou em como seria aconchegante morar ali. Sorriu ao ler o próprio devaneio. O consultório tinha um desenho futurista, parecia um apartamento de dois quartos, e dos grandes. Ela atravessou o primeiro ambiente, uma espécie de sala de estar, a passos lentos e incertos. Havia uma mesa de centro em forma circular, onde figuravam pequenas esculturas que dividiam o espaço e as atenções com algumas revistas antigas. As paredes pareciam abraçadas por inúmeros sofás e exibiam diversos quadros coloridos. Um minibar, com café, sucos e torradas, finalizava a decoração da sala. Mas foi no cômodo posterior que seu semblante saltou de entusiasmo. Ao fundo, no lugar das paredes, imensas janelas de vidro, que se estendiam do piso ao teto, mergulharam sobre as pupilas de Judith.

— Nossa! – deixou escapar.

— Dá para ver boa parte da cidade – disse o médico, virando-se de frente para a paisagem enquanto admirava o próprio bom gosto. Judith nem se deu conta do armário em mogno recheado de livros, disposto ao lado esquerdo da sala e da enorme mesa que se apresentava ao lado direito, próximo à porta, que dava acesso a mais um ambiente.

— Senhora Stelar, por aqui – o médico a convidou, apontando o dedo na direção da sala adiante, mergulhada na escuridão.

A penumbra atingiu os olhos de Judith, que se estreitaram num movimento assustado, até se acostumarem com a ausência de luz. Suas mãos tatearam um objeto à frente e descobriram uma cadeira. Ela se sentou. Assim que sua visão acostumou-se com o breu, pôde adivinhar que o cômodo representava uma sala de conferências. O Doutor Yoel Tomer acomodou-se ao seu lado e apertou o *Play* no controle remoto que carregava em uma de suas mãos. No mesmo instante, uma tela azul de plasma ganhou vida e o espaço na parede branca. Um vídeo tomou a partida e as atenções de Judith. O médico apertou o botão *Pause*. Em seguida, olhou para Judith e perguntou:

— Senhora Stelar, o que você conhece a respeito do Mal de Alzheimer?

Ela não quis se alongar na resposta. Disse em poucas palavras o que havia compreendido em suas conversas com o Doutor Yakir Keshet, neurologista do Hospital Ichilov. Falou sobre a estreita ligação entre a hereditariedade e o desenvolvimento precoce da doença, do peptídeo *beta-amiloide*, das perdas cognitivas e funcionais, e finalizou enumerando diversos tipos de comportamento: as confusões mentais, a agressividade, a passividade, a dificuldade de acompanhar conversas simples e de encontrar palavras, a incontinência urinária e fecal, e a tendência ao isolamento.

O médico assentiu aprovando o discurso. Apontou o controle remoto na direção da tela e disparou o filme.

— Quero que veja isto – anunciou, num sussurro.

Uma dança de genes e cromossomos invadiu a tela e saltou na direção dos olhos de Judith. Uma voz pedagógica narrava as constantes mudanças de cena e explicava as causas das formações das placas senis. O que mais chamou a atenção de Judith foi a divisão da evolução da doença em estágios e suas consequências. No início, por exemplo, o paciente sofre alterações nos campos da memória, da personalidade e das habilidades espaciais. O estágio moderado traz incontáveis dificuldades na fala e na coordenação de movimentos. Quando a doença atinge um nível grave, o paciente apresenta incontinência urinária e fecal, dificuldade para comer, dormir e deficiência motora progressiva.

Em sua fase terminal, caso de Daniel Lebzinski, a pessoa fica restrita ao leito, desenvolve o mutismo, perde a deglutição e é atacada por infecções intercorrentes. O filme ressaltou, ainda, que o tempo de sobrevida de uma pessoa acometida pelo Mal de Alzheimer, desde o diagnóstico até o óbito, pode chegar entre dezoito e vinte anos. Judith ficou boquiaberta ao descobrir que pessoas com *Síndrome de Down*, deficiência intelectual caracterizada pela trissomia no cromossomo 21, mesmo gene que produz o peptídeo *beta-amiloide*, apresentam maiores probabilidades de desenvolverem a doença. Inclusive, as últimas pesquisas garantem que aos doze anos de idade já se inicia o acúmulo de placas senis, conhecido pela medicina como *Cascata Amiloide*, em pessoas com esse tipo de deficiência. Por último, o vídeo ainda fez questão de ilustrar a importância da parte genética no desenvolvimento da doença. Os genes já identificados foram exaustivamente repetidos, casos da Apolipoproteína E (ApoE), do Precursor da Proteína Amiloide (PPA) e das Pré-Senilinas 1 e 2 (PS1 e PS2), e somados às novas descobertas: CLU, PICALM, CRI, BIN1, MS4A, ABCA7, CD33, EPHA1 e CD2AP.

Alguns dias depois, o Doutor Yoel Tomer fez questão de passar esse mesmo vídeo a Allen e Benjamim, tomando os mesmos cuidados e procedimentos. Assim que o filme chegou ao fim, Judith despediu-se do médico e caminhou pensativa na direção de sua casa. Perguntou a Deus, em um de seus constantes devaneios, como Ele, dono de infinita bondade, permitia que algo tão devastador acontecesse aos seus próprios filhos. Não obteve resposta e finalizou suas indagações com *Eu confio no Senhor*, demonstrando sua fé inabalável.

Lembrou-se da última frase proferida pelo médico, a quem já admirava e, com ela palpitando em sua mente, jogou-se na cama e dormiu até a manhã seguinte.

— *Quero que você esteja preparada para tudo, Judith. Faremos o possível para que a vida do senhor Lebzinski seja prolongada, desde que seu sofrimento não se torne maior do que a expectativa de viver dias e noites com qualidade. A morte não é um fim, tampouco um pecado ou um monstro a jantar a beleza do que aqui construímos. Talvez ela seja o nosso ápice. Quem pode dizer o contrário?*

QUARENTA E SEIS

Tel Aviv, sexta-feira à noite

O coração de Benjamim se viu aos pulos assim que ele discou o número de Laila em seu telefone. Colocou-se a esperar de maneira impaciente, tamborilando com a ponta dos dedos o volante de seu carro. Ele havia acabado de deixar seu posto de trabalho, nas cercanias de Jaffa, região colada a Tel Aviv, onde garantira a segurança do Monastério de São Pedro, uma igreja antiga no estilo Bizantino, com portões largos, fachada de tijolos e alicerces cruzados. O dia demorou a passar e Benjamim se arrastou durante o serviço, olhando na direção do relógio em seu pulso a cada cinco minutos, contando o tempo para ver sua amada. Seus dedos tremeram assim que ouviu sua voz:

— Alô?
— Laila?
— Benja, tudo bem?
— Sim, e você?
— Tudo ótimo! Já saiu do trabalho? — Laila perguntou.
— Aham — Benjamim grunhiu a resposta.
— Venha me pegar.
— Onde?
— Em Tel Hashomer.
— Como?
— No hospital. Eu só saio daqui a vinte minutos. É o tempo de você chegar aqui. Você sabe o caminho?
— Eu me viro.
— Como sempre — Laila comentou, aos risos.
— Sim — confirmou, caindo na risada.
— Não demore.
— Laila, em quinze minutos eu estarei aí.
— Ótimo.
— Beijos.

– Até.

Benjamim girou a chave e ligou o motor do carro. Escolheu o som. Metallica, a banda que Laila mais gostava. Seguiu pela Avenida Derek Yafo no sentido de *Tachaná Merkazit*, a estação rodoviária, ouvindo *Harvester of Sorrow*, sexta faixa do álbum *And Justice for all*. Pegou um ligeiro tráfego entre o supermercado Wholesale e o auditório Mann, no centro de Dizengoff, altura do restaurante Mayer Tower, onde costumava almoçar com Elad quando criança e vinha a Tel Aviv passar as manhãs de sábado na praia. Seus olhos se umedeceram de maneira tímida ao recordar desse tempo, período em que só tinha um pai para se preocupar. Chegou à frente do hospital no tempo combinado. Não fosse a pequena lentidão num dos primeiros trechos do percurso, teria estacionado o carro em menos de dez minutos. Desligou o motor e inclinou seu olhar até a fachada do *Sheba Medical Center*.

Um enorme edifício de vidro e mármore se agigantou à sua frente, abraçado por enormes jardins de flores, palmeiras e um gigantesco gramado, cortado de modo milimétrico. Sentiu uma forte pontada no peito, mas não soube dizer o motivo. Levou a palma da mão ao coração e em seguida abaixou o volume do rádio. Ainda era possível escutar os pratos da bateria de Lars Ulrich soando nas caixas acústicas. Imaginou que a ansiedade que pulsava em suas veias por estar a poucos minutos de ver Laila pudesse explicar aquela dor inusitada.

O que mais poderia ser?, pensou, ao apoiar a cabeça contra o encosto do banco.

Cerrou os olhos contra a própria vontade e percebeu que se sentia exausto. Uma batida no vidro o fez despertar.

– Laila – disse, ao abrir os olhos.

Ela exibia aquele sorriso marcante e apaixonante de sempre. Benjamim esticou o braço e destrancou a porta. Laila se jogou no estofado de qualquer jeito, arfando um ar de cansaço. Lançou sua mochila e o jaleco branco no banco traseiro e cumprimentou Benjamim.

– Que saudade – sussurrou, o hálito quente e doce arranhando os ouvidos do amado.

– Eu também – retribuiu o gesto, pagando na mesma moeda.

Eles não se beijaram. Contentaram-se com aquele abraço longo e apertado. O perfume de Laila era o mesmo e, quando ele invadiu as narinas de Benjamim, sua pele se retesou num súbito. Ele sentiu uma vontade louca de beijá-la nos lábios. Cerrou os olhos. Tinha de ser agora. A pele de seu rosto deslizou suavemente sobre a face lisa de Laila e sua boca tomou o rumo dos lábios dela. Conhecia como ninguém aquele caminho. Laila também fechou os olhos e deixou que acontecesse. Queria aquele beijo. Sentia a falta do amado. Sua boca molhada aguardou ansiosamente a chegada de Benjamim. E ele estava vindo. Dava para sentir a umidade de sua boca, junto com a respiração nervosa e entrecortada. Uma sensação de paz inundou o corpo de Benjamim assim que o canto de seus lábios roçaram os de Laila. Era um recomeço, estava quase lá. A buzina de um carro soou alto ao lado de seus ouvidos e, num rompante, Laila se afastou de maneira assustada e abrupta. Benjamim a fitou por um longo instante. Seus dedos afagaram os cabelos dela. Laila desviou o olhar e descobriu o rádio.

– Metallica – ele disse, seu rosto exibia um largo sorriso.
– Não poderia ser melhor, Benja.
– Para onde vamos?
– Para a praia – ela respondeu, ajeitando as mangas da camisa.

O Chery QQ partiu num quase silêncio, não fossem os *Riffs* de guitarra de James Hetfield e Kirk Hammet vibrando nos alto-falantes. Benjamim e Laila permaneciam mudos, pareciam curtir a simples presença um do outro. Suas mãos se procuraram na penumbra do interior do carro e se acariciaram até cruzarem os dedos.

– Chegamos – ela anunciou. – Estacione aqui.

Benjamim obedeceu com um sorriso tatuado no rosto. Tirou o tênis e saiu descalço do veículo. Laila fez o mesmo. A areia fofa e gelada da praia abraçou os pés do casal como um afago nostálgico. O uivo das ondas do mar amansou o coração de Benjamim de modo imediato. Ele sempre gostou de escutar o som das águas quebrando sobre as pedras. O casal seguiu caminhando pela beira do mar, os dedos entrelaçados como costumavam fazer na época em que eram namorados. Um passado recente e presente. Benjamim não saberia dizer o que desejava primeiro. Um beijo de Laila ou perguntar a respeito de seu pai. Deixou que o tempo decidisse, ou talvez a lua, cheia e brilhante, que os observava de um mundo quase paralelo.

– Benja, tenho algo importante para lhe dizer.

— Pode ser depois? — ele perguntou, sem pestanejar.

— O que quer fazer antes? — Laila rebateu, parando de caminhar e posicionando o corpo de frente para o amado.

Benjamim passeou com os olhos pelo ambiente e percebeu que eles estavam completamente sozinhos. Não havia nada nem ninguém que pudesse interrompê-los desta vez. A ameaça mais próxima figurava a centenas de metros de distância e vinha dos holofotes da orla da praia, onde se via a silhueta de homens e mulheres praticando exercícios.

— Isso — Benjamim respondeu, aos sussurros, enquanto seus lábios já tocavam a boca de Laila.

Seus corpos grudados foram se agachando, até repousarem sobre a areia. Uma onda os alcançou de maneira repentina. Não foi motivo para sustos. Pelo contrário, Benjamim foi o primeiro a se livrar de suas roupas ensopadas. Laila o seguiu. Eles se entregaram ao amor ali mesmo, entre as areias fofas e geladas da praia de Tel Aviv e a lua, que reluzia num céu escuro e sem estrelas acima de seus corpos suados e nus. Acordaram pouco antes do amanhecer, aos beijos, entremeados por risos e gargalhadas de felicidade. Vestiram-se rapidamente e correram na direção do carro de Benjamim, que os aguardava num recuo entre a calçada e o nascer da areia.

— Minha tia não está em casa. Vamos pra lá?

— Sim — Benjamim aceitou o convite. — E depois? — perguntou.

— Depois nós iremos ver seu pai — Laila respondeu.

— Como?

— Meu amor, seu pai... — Laila engoliu em seco e aguardou alguns segundos a fim de escolher as palavras mais adequadas. — Daniel Lebzinski chegou ontem ao Hospital de Tel Hashomer. Eu sou a enfermeira dele — disse, tirando um enorme peso das costas.

— Ele está doente? — Benjamim perguntou assustado, parecia não acreditar no que tinha acabado de ouvir. Seus lábios ficaram brancos, os olhos se agigantaram e sua visão se tornou turva. Ele sentiu uma tontura momentânea. E pavor. Muito medo do que viria a saber.

— Benja, seu pai está com Alzheimer.

QUARENTA E SETE

Tel Aviv, manhã seguinte

Allen estava em frente ao computador quando seu telefone celular cantou *Sultans of Swing*, do Dire Straits, música que colocou em homenagem a Benjamim. Ela tocava no Bar Balagan na tarde em que contou a ele que eram irmãos. Talvez o dia mais feliz de toda a sua vida. O semblante preocupado e sisudo do trabalho se desfez ao apanhar o telefone e se certificar de que se tratava realmente de uma ligação de Benjamim.

– Fala, meu irmão, tudo bem?
– Allen, como você está?
– Ótimo.
– Preciso te falar uma coisa.
– Sua voz parece séria demais. O que aconteceu?
– Encontrei nosso pai – Benjamim disse, sem rodeios.
– Aonde?

Um longo e tenebroso silêncio caiu sobre a ligação. Allen não entendeu a pausa. Afastou o telefone do ouvido e olhou na direção da tela crente de que havia perdido o contato ou que a bateria de seu celular tivesse descarregado. Voltou a grudar o celular à sua pele ao ter garantias de que nada havia acontecido. A foto de seu irmão ainda estampava o visor do telefone.

– Benja? Você ainda está aí?
– Sim. Estou – disse Benjamim, pausadamente.
– Onde ele está?
– Em Tel Hashomer.
– Como?
– No Hospital de Tel Hashomer – Benjamim repetiu, com a voz tranquila.
– O que ele tem?
– Ele... – Outra pausa.
– Benja, o que o nosso pai tem?

– Alzheimer.
– Meu Santo Deus! Em que lugar você está?
– Dentro do hospital. Em frente à porta que dá para o quarto dele.
– Você já o viu?
– Não. Quero saber se você quer vir aqui para entrarmos juntos.
– Benja, infelizmente eu não posso. Esse final de semana será muito difícil para mim. Tenho muitos relatórios para entregar. Só vou conseguir vê-lo na segunda-feira. Espero que Deus o mantenha vivo até lá.
– Você quer que eu espere por você, Allen?
– Benjamim, pare com essa besteira. Eu o conheço desde que nasci, praticamente vivi ao lado dele. Entre nesse quarto e veja seu pai. Tenho certeza de que irá amá-lo, não importa em que condições ele esteja.
– Tudo bem. Obrigado, meu irmão!
– Me ligue se precisar de algo.

A ligação caiu, assim como o cenho de Allen. Ele apoiou a cabeça sobre a mesa, soltou os braços e desatou a chorar.

– Por quê? – se perguntou por diversas vezes, com a voz abafada, enquanto suas lágrimas ensopavam os inúmeros papéis dispostos à sua frente.

QUARENTA E OITO

Tel Aviv, segundos depois

Laila despediu-se de Benjamim com um beijo na boca. Um leve sussurro roçou em seus ouvidos e lhe desejou sorte:

– Coragem, meu amor! Seu pai está aí dentro. – Apontou o dedo indicador na direção de uma porta de madeira, revestida por uma tinta branca.

Benjamim engoliu em seco. Suas pernas falharam e, por um segundo, desejou que aqueles últimos passos que o separavam de seu pai biológico se estendessem por quilômetros. O suor fazia sua testa brilhar e suas mãos tremerem tanto que girar a maçaneta da porta se tornou uma missão quase impossível. Na primeira tentativa ela escapou por entre seus dedos. Ele inclinou os olhos para Laila. Sua expressão era claramente um pedido de socorro. Estava muito nervoso! Aguardou tanto aquele momento. Não é fácil se deparar com o que sempre quis. O que fazer com o desejo quando ele enfim salta sobre seu colo?

– Coragem! – Laila o incentivou.

Benjamim assentiu com um gesto de cabeça e se voltou de frente para a porta. Sua mão quente e úmida tocou novamente o cobre frio da maçaneta, o que quase o fez desistir. Ele apertou firme em uma nova tentativa e a porta cedeu rangendo um chiado preguiçoso. O breu atingiu sua vista por alguns instantes, até a porta se afastar por inteiro e um cômodo iluminado pelo sol e pela mobília clara se precipitar diante de seus pés trêmulos. Benjamim apertou os olhos e se atentou rapidamente ao quarto como se sua visão fosse um aparelho de radiografia. A cama estava feita e se acomodava ao centro, decorada com uma colcha tecida num tom azulado. Um aparelho de sonda descansava ao lado dela. Mais à frente, ao lado das cortinas, que impediam o sol de invadir o cômodo como um furacão, se achavam uma poltrona de cor amarela e uma pequena escrivaninha de madeira pintada de branco. Do outro lado, um móvel apoiava uma televisão de plasma, ao lado de um armário entreaberto, de onde se viam algumas peças de roupas penduradas. Um murmúrio chamou a atenção de Benjamim na direção da janela. Os raios de sol penetravam por ela com suavidade. Era cedo. Os ponteiros do relógio apontavam para as 9 horas. Benjamim o fitou num relance. Voltou a atenção ao quarto. Sua respiração era pesada e ofegante. Foi então que ele o viu. Daniel estava sentado em sua cadeira de rodas, de frente para a janela, de onde podia observar os arranha-céus da cidade e sentir o calor do amanhecer. Uma lágrima escorregou timidamente dos olhos de Benjamim. Escutou uma tosse, suas pernas se retesaram e ele não conseguiu dar mais passo algum. Respirou de maneira profunda e se encheu de coragem novamente.

— Meu Deus, o que eu estou fazendo? – perguntou a si mesmo, num murmúrio.

Voltou sua visão para a frente e não mais a desviou. Os cabelos brancos e ralos foram as primeiras imagens que teve de seu pai. Ele vestia um avental azul-claro, e a largura do tecido fazia seus ombros flácidos e secos se descobrirem. Benjamim caminhou a passos silenciosos em sua direção. Já conseguia observar sua tez, pálida e enrugada, a brilhar contra os raios de sol, que agora já se exibiam com mais força. Ergueu a cabeça e conheceu o rosto de seu pai. O nariz era igualzinho ao seu, pontiagudo e levemente caído. Os lábios eram finos e as maçãs do rosto, salpicadas por pequenas escoriações, escondiam seus olhos semicerrados. Benjamim não conseguiu esconder o riso, tampouco o choro. Imaginou que não seria capaz de pronunciar palavra alguma, mas a sorte o estava acompanhando.

Lembrou-se, num súbito, de tudo o que passou para chegar a esse ponto. Não era o lugar ideal para ver seu pai pela primeira vez, mas a vida estava repleta dessas armadilhas. Ele não podia nem queria reclamar. Desejava apenas curtir o momento. Seu pai estava à sua frente e parecia dormir de maneira tranquila enquanto o sol acalentava sua pele cansada.

— Pai? – Benjamim disse, com a voz entrecortada.

Dois olhos redondos e brilhantes se descobriram de imediato e o fitaram, enquanto seus dedos afagaram os poucos fios de cabelo que cobriam a cabeça de Daniel.

– Por que você não passeia com ele no jardim, Benja? – a voz de Laila surgiu das sombras.

– Eu posso? – perguntou, na defensiva, e com a voz extremamente baixa.

– Ele é seu pai! É lógico que você pode.

Benjamim conduziu o pai até o elevador com enorme zelo. O sorriso estampado no rosto substituía qualquer palavra que tivesse significado semelhante à felicidade. Desceu até o térreo, atravessou o saguão e ganhou o jardim junto às vielas que contornavam o hospital. Parou sob uma figueira, que exalava o perfume da fruta, em pleno final de inverno, e tocou com seus lábios o rosto do pai, tão leve como numa cócega. Assustou-se ao vê-lo se sacudindo sobre a cadeira. Imaginou que pudesse tê-lo machucado ou sido imprudente e se afastou por alguns segundos. Arfou com suavidade e relaxamento ao observar a expressão de alegria de Daniel. Os lábios dele formavam uma curva em forma de sorriso. Benjamim sentou-se sobre a grama, verde e impecavelmente cortada, e fitou o pai pelo restante do dia. Foi embora apenas quando o sol se pôs atrás dos altos edifícios do centro de Tel Aviv. As palavras não saíam de sua garganta, mas a sua alegria podia ser testemunhada ao fitar seus olhos.

Benjamim repetiu a visita no dia seguinte e em todos os outros dias da semana, já que estava de plantão pela cidade. Voltou a Jerusalém sete dias depois com duas flechadas estocadas na altura de seu peito. A de Laila, em comemoração ao reinício do namoro, e a de Daniel Lebzinski, o pai que acabara de conhecer e que já ocupava lugar de destaque em seu coração.

QUARENTA E NOVE

Tel Aviv, à noite

A batida da porta pôde ser ouvida do outro lado da rua. Allen arfou sofregamente, os olhos arregalados à procura de sua mãe. Caminhou a passos apertados pelos cômodos de casa e avistou-a ajoelhada em seu quarto guardando roupas nas gavetas do armário. Aproximou-se, bateu à porta e aguardou ainda no corredor.

— Entre, meu filho — Judith o convidou em tom tranquilo, mas seu semblante não demonstrava o mesmo.

— Com licença — Allen disse, rompendo o ambiente. — Mãe, o assunto é sério!

— O que aconteceu? — perguntou, encarando-o. — Filho, você está me assustando desse jeito. — Judith desviou o olhar e virou-se na direção da janela, de onde se avistava o trepidar do vidro.

O sol havia se posto há alguns poucos minutos. Ainda dava para observar o céu exibir os tons lilás e âmbar que precedem o anoitecer israelense.

— Daniel Lebzinski está com Alzheimer? — perguntou, sem pestanejar.

— Sim.

— E você não ia me contar?

— Estava pensando nisso agora.

— Mentira! — gritou. — Do jeito que você é, esperaria ele morrer e só depois de alguns meses me contaria. Eu te conheço, mãe.

— Claro que não, meu filho. Eu estava mesmo pensando em dividir isso com você. Mas você sabe que eu não sou lá muito boa para compartilhar segredos.

— Isso nunca fez sentido pra mim. Você não passa de uma pessoa egoísta — ele disse, deixando o corpo cair sobre o carpete do quarto. Levou as mãos ao rosto e se colocou a chorar.

— Allen, meu filho, escute! Eu vou lhe contar algo, talvez isso me rasgue inteira por dentro, mas você merece saber. — Um longo silêncio chuviscou no interior do cômodo. Judith pigarreou antes de continuar.

— Eu estava no último ano do curso de enfermagem quando fui convidada a estagiar na IAF Laboratórios, onde conheci seu pai. Era primavera de 1981. Em dezembro daquele mesmo ano, eu e minhas duas amigas, Marmara Sylah e Suzara Rimeah, que faziam parte de minha equipe, viajamos ao deserto de Massada, onde acontecia uma operação do exército contra um grupo de bárbaros árabes. Fazia muito frio. Inúmeros soldados tinham sido mortos e havia alguns sobreviventes feridos. Para nossa surpresa, quando lá chegamos, o exército já havia deixado o local. Mesmo assim, o governo achou por bem dormirmos lá aquela noite para o caso de algum soldado desaparecido ser encontrado. Durante aquela madrugada de céu cinzento e névoa azulada, um bando contendo meia dúzia de bárbaros invadiu nossa tenda. Eles quebraram tudo e nos renderam. Nosso diretor, o Doutor Mehmet Assuib, único homem que nos fazia companhia, foi morto a pauladas. Em seguida, os bárbaros nos levaram para o lado de fora da tenda e nos amarraram.

— Mãe, o que eles te fizeram? — Allen interrompeu a história aos prantos.

Judith exibia olhos úmidos e vidrados, que miravam o vazio.

Prosseguiu, após uma pequena pausa:

— Eles acenderam tochas e fizeram queimaduras em nossa pele. A cada golpeada de fogo, às gargalhadas e aos berros, os bárbaros nos perguntavam se queríamos satisfazê-los sexualmente ou morrermos queimadas.

Minhas amigas preferiram a morte. Cedi porque minha voz ficou presa na garganta e eu não consegui dizer que também havia escolhido morrer. Um homem me encontrou dois dias depois e me trouxe de volta a Tel Aviv.

— Eu não consigo ver marcas de queimadura em você — sussurrou Allen.

— Seu pai, Daniel Lebzinski, após ter ciência do fato, ofereceu-me quatro cirurgias plásticas, que apagaram as marcas mais evidentes.

Mas as feridas deixadas em meu coração e em minha memória jamais se fecharam.

— Eu imagino, mamãe. Continue, por favor!

— O governo e o exército acobertaram tal acontecimento e nos pediram sigilo. Desde então, as palavras se transformaram em espinhos dentro de minha boca e contar alguma coisa, qualquer que seja sua importância, passou a me queimar por dentro. Perdoe-me a fraqueza, filho — Judith suplicou.

— Não há o que perdoar! Eu te amo, minha querida — foi o que Allen conseguiu formular antes de se entregar às lágrimas e apoiar o rosto no colo de sua mãe.

CINQUENTA

Jerusalém, semana seguinte

As gotas de lágrimas e suor se misturavam às roupas, lançadas a esmo para dentro da mochila. Elad não pregava os olhos há dois dias, desde que soube que Benjamim havia conhecido seu pai biológico e passava os finais de tarde em sua companhia. Durante as noites em claro, ele unia as mãos e pedia humildemente para que tivesse ao menos um pequeno lugar no coração e na lembrança do filho. Elad o amava muito, mas estava decidido a ir embora de vez. Enquanto apanhava as gravatas penduradas por cores no armário do closet, bufava em voz alta na esperança de que Menorah ou o próprio Benjamim o escutasse. Havia esquecido completamente que a esposa tinha levado o filho a uma loja de roupas sociais para a compra de um novo terno, que o vestiria durante a cerimônia de encerramento do serviço militar obrigatório. Benjamim em breve estaria livre para ingressar em uma universidade. Mesmo assim, Elad estava determinado a assisti-lo de longe. Deixaria o filho livre para curtir seu pai biológico.

— Aquele desgraçado, filho de uma puta, roubou minha família! — rugia entre uma peça e outra de roupa que socava no interior da mala.

Sua fúria não poupava nem a si próprio:

— Impotente do caralho! Quem não tem porra não merece ter porra nenhuma! — gritava.

Assim que limpou o armário, Elad correu os olhos pela sapateira, escolheu dois pares sem muito critério e os colocou em uma sacola de plástico, amarrando-a em uma das alças da mochila. Fechou o zíper e deixou o quarto. Desceu as escadarias batendo os pés, mergulhado em um mar de tristeza e raiva. Seus olhos já se mostravam secos, as lágrimas haviam desistido de cair, substituídas pelo ódio.

Se eu o visse na minha frente, o mataria, pensou, num impulso, enquanto procurava pelas chaves do carro. Apanhou a carteira e seguiu a galopes na direção da porta. Girou a maçaneta e gelou de susto ao se deparar com Menorah e Benjamim chegando em casa.

— Elad, que susto! — Menorah disse, aos risos. — Venha ver o terno que compramos para o Benja — acenou.

— Com licença — Elad resmungou, de cabeça baixa e a mochila pendurada nos ombros.

— Pai, aonde você está indo?

— Estou partindo.

— Eu não tenho mais estômago pra isso — Menorah afirmou, encarando o marido. — Se existir alguma chance, vá direto para o inferno! — completou, rompendo a porta com decisão.

Benjamim parecia preocupado. Seus olhos se mostravam vermelhos e úmidos e seus lábios brancos e pálidos, quase translúcidos.

— Pai, espere! Vamos conversar — foi o que conseguiu dizer.

— Benjamim, eu te amo tanto! Não quero atrapalhar a sua vida agora que encontrou seu pai — afirmou, aos sussurros, seguindo a passos lentos e incertos na direção da garagem.

— Nunca irá me atrapalhar, papai. Eu te amo e preciso de você!

— Benja, você não precisa mais de mim. É um jovem responsável, carismático e muito especial. Acaba de encontrar seu pai verdadeiro. Pode trazê-lo aqui para morar junto com Menorah e você. — Elad jogou a mochila no banco do passageiro, entrou no carro e colocou a chave na ignição. Deu a partida e engatou a primeira marcha.

Benjamim o seguiu e se postou a sua frente, entre a saída da garagem e a rua, impedindo o pai de sair.

— Pai? — Benjamim deu um grito.

Elad desligou o carro, assustado. Nunca ouvira o filho falar tão alto e sério com ele. Por segundos, pôde ver nos olhos de Benjamim o adulto se formando e o jovem ficando para trás. Ergueu a cabeça e encarou o filho, com ternura.

— O que é, Benjamim? — perguntou, a voz triste.

— Daniel Lebzinski está internado no Hospital de Tel Hashomer.

— Como? Ele está doente?

— Alzheimer — a única palavra que conseguiu sair pela garganta de Benjamim, entre o choro e os soluços.

Elad desceu do carro e correu na direção do filho. Envolveu-o nos braços e apoiou a cabeça de Benjamim em seu peito.

– Eu sinto muito, Benja! Ficarei aqui com você. Pode contar comigo – se ouviu dizendo.

– Obrigado, pai! Eu vou precisar.

CINQUENTA E UM

Tel Aviv, um mês depois

O mundo girava dentro da mente de Laila, seus olhos foram ficando pesados e turvos e um suor frio arranhou sua pele. Ela arqueou o corpo, não suportando a dor que atacava sem piedade seu estômago. Teve tempo e o discernimento de apertar a campainha chamando uma enfermeira à sala, já que estava trocando a bolsa de soro do quarto de seu mais querido paciente, Daniel Lebzinski, e imaginou que fosse apagar antes que concluísse o procedimento. Tentou se distrair um pouco olhando a paisagem que se exibia do lado de fora da janela. A primavera havia chegado e as ruas de todo o país estavam recheadas de árvores e flores coloridas. O frio havia sido mandado para longe e estava previsto para aqueles dias um calor de mais de 35°C. Laila esboçou um sorriso frágil e gélido ao avistar uma enorme oliveira, árvore que ela mais gostava, quadras à frente dali. Sentiu uma pontada forte no estômago e uma vontade louca de vomitar.

Esse calor, pensou, afastando qualquer possibilidade de estar doente.

Aos poucos, a luz do sol, que pintava o cômodo de laranja claro, foi se transformando em sombras. Sua visão encontrou o breu e os joelhos, o piso gelado. Arqueou o corpo e colocou para fora as refeições de praticamente uma semana. Não encontrou mais forças para se manter acordada e desabou de vez no exato momento em que Gina Malka, sua amiga e enfermeira do setor, rompeu a porta e entrou no quarto. Acordou meia hora depois deitada em um leito, no interior de um quarto de hospital, ambiente mais do que familiar e que tanto se acostumara a ver em suas longas jornadas de trabalho. Correu os olhos ao redor e estranhou ao se deparar com sua tia Eliora, ao lado do Doutor Yoel Tomer e de sua amiga e enfermeira Gina.

Onde estou? O que aconteceu comigo?, pensou, num rompante, sentindo-se como se um caminhão houvesse se chocado com sua cabeça, que latejava sem tréguas. Reuniu forças para formular a única pergunta que realmente lhe fazia algum sentido:

— Onde está Benjamim? — murmurou, a voz presa entre os lábios ressecados.

— Eu já telefonei para ele, seu namorado está a caminho. Não se preocupe — sua tia respondeu, de imediato.

— Ótimo! — ela arfou com tranquilidade.

— Laila — disse o médico —, colhemos o seu sangue para fazer alguns exames e diagnosticar o que pode ter lhe acontecido. Assim que eles ficarem prontos eu retorno. Descanse e coma tudo o que lhe trouxerem — sugeriu, com a voz serena.

— Por que, Doutor?

— Suspeito que você esteja com uma forte anemia.

— Quando irei voltar ao trabalho?

— Não se preocupe com isso agora, minha querida. Você precisa descansar e ficar boa para cuidar de seus pacientes — disse tia Eliora.

— Sua tia tem toda razão, Laila. Voltará ao trabalho assim que se sentir melhor — completou o médico.

Benjamim entrou no quarto e encontrou sua amada dormindo. O soro penetrava em seu braço delicadamente, uma gota por vez, e ele escolheu o silêncio a acordá-la. Pensou em aproveitar o tempo para uma visita rápida ao seu pai, já que estava no mesmo hospital. Aproximou-se da porta a passos quietos quando uma voz doce e trêmula o fez mudar de ideia.

— Benja? É você?

Um minuto de silêncio chuviscou pelo interior do cômodo até Benjamim girar o corpo e inclinar seus olhos na direção da namorada.

— Laila, você está bem, meu amor? — ele disse, caminhando em sua direção. Seus lábios roçaram gentilmente a boca da amada.

— Fique comigo, por favor! — pediu.

— Eu não vou deixá-la — confirmou, no exato momento em que o Doutor Yoel Tomer entrou no quarto. Ele trazia um cenho preocupado e segurava um envelope grande nas mãos.

— Laila, seus exames ficaram prontos.

Ela abriu os olhos e se ajeitou em seu leito. Benjamim engoliu em seco e uniu as mãos como se fosse iniciar uma prece.

– O que ela tem, Doutor? Fale. Pelo amor de Deus! – suplicou Benjamim, a voz quase numa lamúria. O médico retirou o lacre do envelope e apanhou o exame entre os dedos. Estudou as folhas por mais alguns segundos antes de anunciar:

– Laila, você está grávida!

CINQUENTA E DOIS

Tel Aviv, instantes depois

Allen e Judith estavam no quarto de Daniel, postados ao lado do Doutor Yoel Tomer, quando Benjamim rompeu a porta às cegas. Sua respiração era ansiosa e curta. Trazia em seu rosto um largo sorriso e nos olhos lia-se felicidade.

— Pai? — gritou alto, sem perceber que não estava sozinho.

— Benja, quando chegou? — Allen o cumprimentou, a voz carregada de tristeza.

— Agora mesmo — respondeu, paralisando o corpo.

Passou os olhos pelo ambiente e notou que algo não andava bem.

— Venha, Benjamim — disse o médico. — É bom que você também escute isso.

Judith abraçou o filho Allen e puxou Benjamim para perto dela. Pela janela, dava para ver o sol fritando as ruas da cidade. Daniel permanecia deitado, com os olhos fechados, e parecia dormir o sono dos anjos.

— Há mais ou menos duas semanas, o senhor Lebzinski começou a apresentar dificuldades na deglutição, por mais pastosa que seja sua comida. Sofreu inúmeros engasgos e, por conta disso, resolvemos que a partir de agora sua alimentação será aplicada por meio de uma sonda. Isso não é nenhuma novidade, já que a doença está bem avançada, assim como vocês conferiram no vídeo. Ele já chegou aqui em estágio terminal, vocês também têm esse conhecimento. Estejam preparados para o pior, porque esse procedimento irá diminuir sua imunidade e resistência — sentenciou o médico.

— Pai? — sussurrou Benjamim, caminhando lentamente até a beirada da cama de Daniel e afagando seus cabelos ralos. Ele abriu os olhos e seu corpo se agitou sob a colcha. Seus olhos ganharam brilho e vida assim que testemunharam a presença de Benjamim. Havia se acostumado com sua presença e, mesmo não conseguindo identificar o que aquele jovem rapaz era dele, segundo o médico, reclamava num balbucio meloso todas as vezes que ele se despedia e partia. Benjamim levou sua bochecha ao encontro do pai até alcançar seus lábios como se ganhasse um beijo.

Sentiu uma fina cócega, como se fora um lapso do vento. Allen deixou escapar uma lágrima ao presenciar aquela cena. Postou-se ao lado do irmão e pegou para si a mão de Daniel.

– Eu vou ter um filho – Benjamim disse, num sussurro tão leve, que mal conseguiu se escutar. – Você será avô – completou, com a voz um pouco mais forte.

O rosto do doador de sêmen permaneceu inalterado, mas uma tímida gota de lágrima se formou em um de seus olhos e escorregou por seu rosto até umedecer o travesseiro.

Ele parecia anestesiado, embebecido com as palavras de Benjamim.

– Benja, eu ouvi direito o que você disse? – Allen perguntou, aproximando-se do irmão. Tomou-o nos braços e o encarou.

– Sim – sorriu abertamente. – Eu vou ser papai e você, padrinho.

CINQUENTA E TRÊS

Tel Aviv, semanas depois

O canto dos pássaros resgatou Benjamim de seus intensos devaneios. Seus olhos se voltaram na direção de Daniel e ele se levantou do gramado, onde descansava sob a sombra de uma cerejeira, e alinhou a gola da camisa que o pai vestia; uma polo azul, cor de céu de verão. Ela se achava úmida, fazia muito calor, com os termômetros marcando 35°C. Um vento fresco mantinha o clima um pouco mais suportável e, apostando nisso, Benjamim havia resolvido lhe proporcionar um passeio no jardim. Ele costumava trazer o pai a esse lugar. Havia visto alguns de seus quadros quando visitara o Orfanato Yesher uma única vez, cerca de um mês atrás. Ficou evidente que Daniel amava pintar cerejeiras, e em suas telas havia sempre alguém sentado à sua sombra. Achou que o pai gostaria de reviver esse cenário que tanto fez sentido aos seus olhos, mesmo sem poder assegurar que ainda o fizesse. Eram 15 horas. Pela manhã, Allen e Judith acompanharam Daniel em seus exames. Havia uma enorme preocupação rondando o quadro do doador de sêmen, já que nas últimas duas semanas suas visitas ao Pronto Atendimento e à Unidade de Tratamento Intensivo tornaram-se mais do que rotineiras.

Na ocasião, uma forte infecção urinária derrubara sua imunidade, o que fez com que sua pressão arterial se arrastasse no chão de tão baixa. Em seguida, uma pneumonia de proporções terminais levou Daniel a quase conhecer as cores e o perfume da morte.

Os médicos insistiram em dizer que a recuperação de Daniel fora um milagre divino, mas que a família deveria se preparar para o pior. Assim, quando Benjamim chegara ao hospital, fora recebido por Allen com a notícia de que o maior susto havia, enfim, ficado para trás. Na verdade, tratava-se apenas de uma trégua até a complicação seguinte e dessa maneira o caminho se desenhava.

— Ele passa bem, meu irmão — foram as palavras que Allen utilizou antes de seguir para o trabalho.

— Tenham um ótimo dia! – Benjamim despediu-se do irmão e de Judith, a quem já amava como uma madrinha ou uma tia muito próxima.

Não como sua segunda mãe, expressão que tantos gostam de usar para definir o quanto amam uma pessoa, já que a arte de ter dois pais havia lhe presenteado com emoções além da conta. Benjamim corrigiu a postura de Daniel, arqueada e rígida devido ao estágio da doença, e conduziu a cadeira alguns metros à frente.

O sol havia invadido o local que antes lhes servia de abrigo, debaixo das sombras.

Acomodados novamente, Benjamim sentou-se na grama e apanhou uma folha seca caída ao chão. Partiu-a como se fosse um biscoito crocante, mas, em vez de levá-la à boca, atirou suas migalhas de volta ao campo esverdeado.

— Pai? – perguntou, com a voz adocicada.

Imaginou que, se Daniel gozasse de suas faculdades cognitivas e funcionais, o fitaria com olhares atentos à espera das palavras que viriam a seguir.

— Eu estou pensando em escrever um livro – disse.

— *Que bom, meu filho! E qual é o assunto?* – pensou no que o pai lhe diria.

— Quero contar a sua história, papai. Falar sobre a doença que te aflige e que te leva embora desse mundo aos pedaços. A cada segundo uma parte da sua vida deixa o Planeta Terra. Você me permite?

— *Claro que sim! Já escolheu o título, meu filho?*

— Quem sou eu, afinal? – Um romance sobre o Mal de Alzheimer – revelou, com a voz trêmula e os olhos marejados.

— *Espero que você obtenha muito sucesso, Benjamim* – imaginou novamente quais seriam as palavras que o pai lhe dirigiria.

— E eu espero que muitas pessoas que estão passando pelo que a nossa família atravessa ultimamente, e que você vem vivendo nesses longos anos de luta contra essa terrível doença, se beneficiem das informações que eu irei relatar em meu texto. Se uma palavra escrita alcançar o coração de alguma dessas pessoas e for capaz de confortá-la ao menos em uma das centenas de noites difíceis, eu já estarei feliz – Benjamim concluiu, entregando-se ao silêncio. Fitou o pai e notou que seus olhos apresentavam um brilho diferente do exibido nas últimas semanas.

Colocou-se de pé e caminhou lentamente em sua direção. Os olhos do doador de sêmen o acompanharam com certa dificuldade, é verdade, mas era nítido que eles estavam pousados nos movimentos do filho. Como de costume, os dedos de Benjamim encontraram os cabelos ralos, e agora ainda mais raros, presentes na cabeça do pai, que cerrou os olhos como se enxergasse no interior de sua alma o efeito milagroso daquele instante de afeto.

– Eu te amo, papai! – sussurrou Benjamim, antes de levar os lábios na direção de seu rosto. O beijo demorado fez com que uma gota de lágrima, nascida nos olhos do doador de sêmen, tocasse a boca do filho. Aquela foi a última lágrima que Daniel Lebzinski derramou sobre a Terra, certo de que suas previsões não se confirmariam. As mãos de Benjamim seguravam as suas durante seu suspiro final. A madrugada fervente levou sua vida ou o que dela ainda restava, ao caminho oculto da morte. Ao lugar onde paira a certeza de que a dor e o sofrimento não encontram acesso.

CINQUENTA E QUATRO

Tel Aviv, naquele mesmo dia

Allen e Judith correram com a burocracia e os preparativos para o velório e o enterro. Benjamim não reunia condições psicológicas, tampouco habilidade, para nenhuma tarefa além de chorar. Passou a admirar o irmão ainda mais pela disposição e entrega na conclusão de cada etapa. Elad fez questão de arcar com todo o custo, as flores, o serviço funerário, o caixão, a comida e a bebida, o que deixou Benjamim boquiaberto e extremamente orgulhoso, já que Dedeh, juntamente com o Orfanato Yesher, passavam por importantes apertos financeiros. Nos últimos meses, inclusive, Judith e Allen haviam deliberado uma parte de seus vencimentos para completar o pagamento das contas do orfanato. O dia havia amanhecido coberto por uma névoa cinzenta e céu nublado, mas sem previsão de chuva. Um vento quente se arrastava pelas ruas da cidade, ziguezagueando por entre as esquinas, postes, bares e transeuntes. Ao longe, era possível ver alguns buracos azuis tomando forma, e a expulsão das nuvens era uma simples questão de tempo. A cerimônia de velar o corpo ocorreu na pequena, mas aconchegante, Sinagoga do *Velho Cemitério*, na Rua Trumpeldor, entre Hovevei Zion e Zion Pinsker, uma das regiões mais visitadas da cidade. Tanto a sinagoga quanto o cemitério, cujo nome verdadeiro leva o nome da rua, foram construídos à base de pedras calcárias e permanecem assim até os dias de hoje, desde a sua inauguração, em 1902, seis anos antes de Ahuzat Bayit, o primeiro bairro de Tel Aviv, surgir. Artistas, políticos e pessoas de imponência social estão enterrados ali. Destaque para a figura de Moshe Sharett, o segundo Primeiro Ministro de Israel. Por trinta anos, o Cemitério Trumpeldor foi o único do país, até a construção do Nahalat Yitzhak, mais popular e situado numa área afastada de Tel Aviv, na região de Borochov, que durante muito tempo abrigou uma zona rural. Há uma frase que circula entre os menos favorecidos economicamente que vivem ou trabalham nos arredores do *Velho Cemitério*, que diz o seguinte:

"*Só os importantes se hospedam ali antes de chegarem ao céu*".

Uma brincadeira que expressa a grandeza do local. Dedeh postou-se ao lado do caixão durante a oração final da cerimônia, abraçando Benjamim.

– Olá, primo – disse, em voz baixa.

Benjamim retribuiu o cumprimento e o carinho com um singelo sorriso. Os dois estavam juntos quando viram os homens do serviço funerário entrarem na nave central, fecharem o caixão e levarem o corpo de Daniel até a *Ladeira da Peregrinação*, como é conhecida a estreita e íngreme ruela de pedra que liga a sinagoga ao cemitério. Yesher Lebzinski, pai de Dedeh, fora enterrado em uma cova a poucos metros da entrada principal, no Portão Leste, e a partir de agora ganharia a companhia de seu irmão mais novo, Daniel Lebzinski.

Judith tinha a expressão tranquila, certa de que Deus havia libertado seu amado do sofrimento. Menorah, Elad e Laila miravam Benjamim. Ele tinha os olhos avermelhados e estava de mãos dadas com seu irmão, Allen, a quem já amava o mesmo tanto que a si mesmo, e Dedeh, seu primo Rastafári.

– Conhecê-lo antes da morte foi uma dádiva, Benja.

– E você foi o maior presente que papai me deixou.

– A recíproca é verdadeira – Allen sussurrou.

A terra já caía sobre a madeira escura que abrigava o corpo de Daniel, quando a voz de Benjamim chamou a atenção de todos e interrompeu o trabalho dos coveiros.

– Esperem! Tenho algumas palavras a dizer – anunciou.

Elad e Menorah sorriram e o olharam com ternura, como se aprovassem a atitude do filho. Laila seguiu em sua direção e entrelaçou seu braço no do amado. Dedeh, Allen e Judith permaneceram imóveis à espera das palavras que viriam a seguir.

Benjamim respirou profundamente. Apanhou um pedaço dobrado de papel no bolso de sua calça jeans e cerrou os olhos. Desdobrou-o silenciosamente e leu o texto da maneira que sua voz trêmula permitiu:

— Descobri meu pai longe das condições que eu sonhei, mas quem sou eu para indagar e criticar os planos de Deus? Ele queria que eu encontrasse Daniel Lebzinski, cujas sementes ocultas eu carrego em meus genes, e gosto de pensar que Deus imaginava que o doador de sêmen, me permitam chamá-lo assim, também queria ser encontrado por pelo menos um ou dois de seus filhos, Allen e eu. No início, tudo me pareceu injusto, mas o universo me apresentou papai no momento mais difícil de sua vida e no mais sublime da minha. Ganhei um irmão, uma madrinha e um primo. — Seus olhos se desvencilharam do papel e fitaram Allen, Judith e Dedeh. — Talvez eu seja o único a ter dois pais no céu e um na terra. A mãe mais maravilhosa desse mundo, que me lembra de levar casaco aonde quer que eu vá, por existir uma minúscula possibilidade de cair água das nuvens, e me acorda todos os dias como se eu fosse um milagre divino. É esse olhar que eu quero ter com o filho que cresce no ventre da única mulher que eu realmente amei e irei amar neste planeta... Laila! — O soluço e o choro não o deixaram completar o texto. Sua amada o abraçou e uma lenta e silenciosa salva de palmas se fez presente. Benjamim amassou o papel entre os dedos e o lançou sobre o corpo do pai, já coberto de terra, ciente de que havia mais frases a serem ditas, palavras e mais palavras que sabia de cor sem precisar correr os olhos para o que escreveu. Allen fez sinal ao coveiro para que reiniciasse e concluísse o enterro. Por fim, quando se viu sozinho em seu quarto, de volta a Jerusalém, Benjamim completou o texto em pensamento, com as mãos unidas em posição de prece, como se as frases não ditas fossem uma pequena oração. Na realidade, ele escreveu tais palavras como um desabafo poético ao mirar o que a doença acabou trazendo a seu pai.

Antes que o castelo se mostre totalmente construído, uma onda formada por água e sal chegará de mansinho, leve como uma carícia, mas forte o suficiente para destruí-lo e o levará embora, deixando à vista apenas um amontoado de partículas de areia. O soprar do vento e o tamborilar do tempo apagarão aos poucos suas lembranças, como se ele nunca tivesse existido.

Só se entregou ao sono quando disse a si mesmo e em voz alta o seu testemunho final:

– Existiu, viveu e deixará saudades... Adeus? Não! Prefiro a Deus. É com Ele que você está agora, papai.

Naquela mesma noite, Elad, que não conseguiu pregar os olhos por um minuto sequer, permaneceu por horas no jardim, ajoelhado sobre o gramado do quintal dos fundos de sua casa e o Torá preso entre os dedos. Finalizou suas orações e a leitura do livro sagrado no instante em que o galo cantou anunciando a chegada de uma nova manhã.

– Obrigado, Daniel Lebzinski, por ter trazido a esse mundo o nosso filho.

Antes de se deitar ao lado da esposa, seguiu a passos silenciosos até o quarto de Benjamim. Entrou e o beijou no rosto.

– Durma bem, meu filho! – disse, entregando-se aos bons sonhos, fato que não teve o sabor de desfrutar até então.

CINQUENTA E CINCO

Nazaré, semana seguinte

– Obrigado por atender nosso pedido, Judith – Menorah disse, virando seu rosto na direção do banco traseiro do carro.

– Não há o que agradecer. Na verdade, nós é que ficamos contentes com a disposição de vocês em ajudar – ela argumentou, com a voz encolhida em sua timidez.

Elad seguia ao volante, os olhos atentos à estrada úmida e escorregadia que os levava a Nazaré. Era um trecho pequeno e sem muito perigo, mas debaixo de chuva nenhum cuidado se tornaria excessivo. Os limpadores do para-brisa mantinham a movimentação pendular e o ranger de suas hastes preenchiam o silêncio que imperava dentro do automóvel. Nazaré já despontava ao fundo quando a chuva apertou. Tudo o que se via agora, além dos faróis acesos do carro à frente, era um lençol de água prateada cobrindo o percurso. A entrada da cidade estava a menos de cinco minutos. Suas margens ainda se achavam sob um nevoeiro úmido e cinzento, e enxergar não era tarefa das mais fáceis. Elad diminuiu a velocidade.

– Dobre à direita, senhor Elad – orientou Judith, ao avistar a Praça *Peresen*. Ele obedeceu às instruções de Judith e girou o volante.

– Não precisa me chamar de senhor. Elad é o suficiente.

– Perdoe-me, senhor... – uma pausa. – Elad.

– Assim está melhor – comentou, sorridente. Qual é mesmo o nome da rua?

– Rua Vajekaran, número 67.

– Muito bem! Acabamos de entrar nela.

– Elad, você está vendo aquela casa bonita, toda em amarelo?

– Sim – afirmou, pousando os olhos naquela direção. – É lá?

– Não. O Orfanato Yesher fica na casa velha, duas construções para baixo.

– Meu Deus! – Elad deixou escapar, num tom embasbacado.

Dedeh veio ao portão recebê-los. Trazia nas mãos um enorme guarda-chuva e exibia um largo e esperançoso sorriso nos lábios.

— Sejam bem-vindos! Entrem! — convidou.

— Obrigada — Menorah agradeceu, num sussurro, o corpo encolhido para não se molhar.

Eles seguiram adiante até romperem à porta. Elad ficou para trás, um pouco afastado, mirando tudo com atenção. A chuva não o incomodava e ele parecia anotar com os olhos cada fresta daquele assombroso casarão, que, a seu julgamento, necessitava de reparos urgentes. Fitou o jardim, com a grama por cortar, e a fachada da frente, que clamava por pinturas.

— Elad! — Menorah o chamou, vendo que o marido não entrava na casa.

Um enxame de crianças se precipitou à frente de seus olhos assim que Elad colocou a cabeça para dentro da primeira sala. Uma forte pontada no peito o fez brecar.

Lembrou-se da infância com sabor de amargura. Anos atrás ele era um daqueles meninos que gritavam por atenção e cuidados. Na oportunidade, não foi a falta de afeto que lhe causara mais trauma. O pequeno Elad queria apenas ter o seu canto. No fundo, ele sempre soube que nessa vida nenhum ser humano sentia-se feliz por completo. Muitas pessoas possuíam o canto que ele conquistou quando adulto, mas conviviam com a ausência do amor e do mínimo de zelo preso entre seus tijolos.

Planeta Terra, pensou, num lapso.

— Por aqui, Elad — disse Judith, percebendo que ele estava longe novamente.

— Estou indo — respondeu, de imediato, com o rosto tingido de rubro e os olhos marejados.

Um garotinho pediu colo. Elad o pegou nos braços.

— Qual é o seu nome? — perguntou à criança.

— Myleno Aboubakar — o menino resmungou, coçando os olhos com o dorso da mão. — Tio, você sabia que a cobra tem duas cabeças? — ele perguntou.

Elad deixou-se cair num riso liberto. Olhou para o garoto com enorme amor. Myleno era lindo. Tinha a pele morena, olhos cor de mel e sobrancelhas fartas, unidas acima do nariz. Vestia uma camiseta do Batman e um calção do Barcelona F.C. Seus pés descalços exibiam a negritude das horas intermináveis correndo pelo chão.

— É mesmo? Eu não sabia disso.

— Tio, você sabia que eu sei fazer pipoca?

— Não — respondeu, às gargalhadas.

— A tia Acesnof me ensinou no dia do meu aniversário. É fácil. Se você quiser, eu posso te ensinar.

— Obrigado — Elad agradeceu, desferindo um beijo caloroso no rosto do menino.

— Myleno, está na hora da lição de casa — Dedeh sugeriu ao garoto, que desceu do colo de Elad e correu em disparada, desaparecendo nos degraus da escada.

Judith, Dedeh, Menorah e Elad entraram no escritório, que mais parecia um depósito de materiais reciclados, e se acomodaram sobre um pequeno sofá. Havia papéis espalhados por todos os lados, garrafas vazias transbordando de sacos plásticos e restos de adesivos jogados pelo carpete.

— Perdoem a bagunça. Estamos preparando uma festa para os meninos — disse Dedeh. — Mas o que os traz aqui? — Inclinou o olhar na direção de Elad.

— Eu e minha esposa gostaríamos de assumir as despesas do orfanato. Como estão as contas?

— Atrasadas — Judith se adiantou.

— Imaginei — disse, pausadamente. — Notei também que a casa necessita de muitas reformas. Se vocês me permitirem, posso orçar os reparos mais urgentes e pagá-los também.

Judith olhou para Dedeh sem esconder a alegria. Sabia que, agora que havia se aposentado do Hospital Ichilov, seus vencimentos não dariam para manter sua casa e ajudar as crianças do orfanato. O auxílio de Elad não poderia chegar em melhor momento e cairia como uma benção de Deus.

– Elad e Menorah, nós estamos muito agradecidos com a ajuda de vocês. Ela será de muita valia para o futuro dessas crianças.

– Judith, quero que você me passe a situação financeira da casa ainda hoje. As contas atrasadas e o saldo bancário. Você pode fazer isso?

– Claro que sim! Vou imprimir tudo agora mesmo.

Menorah fitava o marido com uma mistura de espanto e orgulho.

Nunca imaginou que ele estaria interessado em assumir um trabalho tão bonito. Ela havia notado que desde a morte do doador de sêmen seu marido havia mudado e muito seus pensamentos, mas nunca imaginou que chegaria a esse ponto.

– Elad, posso te fazer uma pergunta? – Dedeh disse, num soslaio, e o cenho risonho.

– Sim.

– Por que decidiu nos ajudar?

– Dedeh, eu passei a minha infância num lugar igual a este – respondeu, as lágrimas querendo escapar de seus olhos.

CINQUENTA E SEIS

Tel Aviv, à noite

Era a quarta vez que Allen deixava a mesa do Restaurante Bertie, localizado no segundo quarteirão da Rua King George, região central de Tel Aviv, e seguia ao toalete. Famoso pela variedade de pães, sopas e vinhos, o aconchegante restaurante era muito procurado por casais e executivos em final de expediente. Allen abriu a porta e se postou de frente ao espelho. Sua pele oleosa parecia mergulhada no suor e as mãos trêmulas não indicavam doença, tampouco calor excessivo. Ele estava nervoso. Com dificuldade, seus dedos conseguiram abrir a torneira e jogar um punhado de água no rosto. Respirou profundamente, como se roubasse coragem e tranquilidade das partículas de oxigênio, e retornou à companhia de sua namorada, Lia Karanit. As mãos enterradas nos bolsos da calça apalpavam uma caixa de veludo azulada contendo duas alianças de noivado. Sentou-se na cadeira e a encontrou com o cenho preocupado.

— Você está bem, meu amor? – ela perguntou.

— Um pouco nervoso, mas eu me sinto ótimo, Lia.

— Por que está nervoso? É alguma coisa do trabalho ou tem a ver com a morte de seu pai?

— Nem uma coisa nem outra – ele disse, de supetão. – Lia... – uma pausa. – Você quer se casar comigo? – completou.

— Claro que sim, meu lindo! – Lia respondeu, sem esconder o riso e as lágrimas.

Allen deixou-se cair numa enorme gargalhada e arfou com alívio. Abriu a mão que se mantinha cerrada sobre a mesa e uma pequena caixa se descobriu. Ela continha dois anéis dourados.

— Lia, eu amo você – disse, enquanto colocava delicadamente a aliança no dedo de sua futura esposa.

— Eu também te amo, Allen! – ela retribuiu o gesto. – E quando você pretende se casar comigo? – Lia perguntou, por fim.

– O mais breve possível – ele respondeu, antes de beijá-la.

– Não vale! Eu quero uma data! – Lia caiu no riso. – Você está me enrolando!

– Assim que nascer o filho do meu irmão a gente se casa – Allen argumentou, sorrindo.

– Perfeito – ela respondeu, olhando na direção da aliança em seu dedo.

CINQUENTA E SETE

Jerusalém, quatro meses depois

A ultrassonografia é um método diagnóstico que se utiliza do eco produzido por sons de alta frequência para ver em tempo real os reflexos produzidos pelos órgãos do corpo humano. Esse tipo de som é emitido através de um transdutor piezoelétrico, aparelho em forma de cilindro ou cone, que é colocado em contato com a pele e transmite todas as vibrações recebidas diretamente para um computador gráfico. Quanto maior a frequência, melhor é a qualidade da imagem obtida. Dois olhos redondos e curiosos varreram a instrumentação inteira em busca de algum entendimento.

Isso aqui parece um scanner, arriscou Benjamim, em pensamento.

Um lençol verde cobria Laila dos pés à cabeça e deixava ainda mais saliente a sua enorme barriga. Já fazia cinco meses desde que descobrira a gravidez. Sua aparência sugeria certa tranquilidade, mas Benjamim sabia que a ansiedade, a apreensão e o nervosismo amarravam cada uma das respirações e dos movimentos da namorada. Ele a conhecia como ninguém. Esboçou um sorriso e afagou os lindos cabelos de Laila na tentativa em vão de confortá-la. Ela já se achava à espera do Doutor Hehmet Karim, seu ginecologista, deitada sobre a maca, ao lado do aparelho de ultrassom, que a observava em profundo descanso. Apenas uma tela negra salpicada por alguns pequenos pontos esbranquiçados decoravam o monitor, disposto no alto de uma escrivaninha, acima do computador.

— Quero acabar logo com isso! — ela esbaforiu, impaciente e com a voz trêmula. Fazia muito frio no interior da sala e seus ossos também se mostravam estremecidos.

— Tenha calma, meu amor. O doutor já está vindo — Benjamim tentou amenizar seus nervos momentâneos. Ergueu-se da cadeira e abriu a janela, deixando que alguns filetes de sol e calor mergulhassem no interior do consultório.

Uma batida na porta foi ouvida antes de o médico romper o cômodo.

– Bom dia, jovens. Tudo bem com vocês? – o doutor Hehmet Karim os cumprimentou ao mesmo tempo em que calçava as luvas.

– Bom dia – Benjamim respondeu.

Laila apenas acenou com a cabeça e soltou um murmúrio nasal. Não tentou nem de longe esconder a intolerância. Moveu o lençol até descobrir sua barriga e cerrou os olhos.

– Vamos lá – disse o médico, anunciando o início do exame. Sentou-se na cadeira, o olhar fixo no monitor, e apanhou o transdutor cilíndrico em sua mão direita. Em seguida, de acordo com os ritos, despejou um punhado de gel sobre a pele de Laila. Ela soltou um grito.

– Ah! Que frio! – disse, entregando-se a um riso solto.

– Perdoe-me, querida – disse o médico, caindo na gargalhada. Levou o aparelho transdutor a passear pela barriga de Laila e imediatamente imagens nítidas em tons de cinza começaram a dançar pelo monitor de plasma mostrando a figura de um bebê. Um eco, parecido com o som de um ronco, ocupou o interior da sala. Benjamim olhou de esguelha para evitar o choro. Não conseguiu segurar as lágrimas ao identificar os braços, as pernas e os pés de seu filho. Laila sorriu embasbacada e seus olhos brilhosos se viram pregados na tela. Ela procurou a mão do amado e a apertou antes de acomodá-la junto ao peito. O entrelaço de seus dedos aconteceu naturalmente, como se só houvesse aquele caminho a seguir. Uma voz firme e arredondada cobriu as batidas simétricas que escapavam do coração do bebê e chuviscavam pelos alto-falantes do computador.

– Estão vendo essa saliência aqui? – o médico perguntou, desenhando um círculo ao redor de uma imagem em forma de bico.

– Sim. O que é? – a voz de Benjamim soou como um soluço.

– É um pênis. Parabéns! Vocês terão um menino – disse o doutor Hehmet Karim, antes de retirar as luvas.

– Que maravilha! – gritou Benjamim, erguendo os braços.

Laila se desmanchou em lágrimas. Sempre sonhou, em seus devaneios noturnos, que daria à luz um menino. As cenas se repetiam e se multiplicavam durante as madrugadas maldormidas. Imaginava-se preparando o almoço de domingo enquanto seu filho e seu amado jogavam futebol no quintal de casa. E o que acabara de ouvir, naquele exato instante, deixara de ser um fruto de seu fértil desejo. Era real.

— Vocês já escolheram o nome? — o médico indagou, curioso.

— Ainda não... — Laila se ouviu dizendo, após uma pequena pausa.

— Daniel — Benjamim se adiantou. — Ele terá o mesmo nome do avô — completou, encontrando o olhar da namorada.

— É um lindo nome, meu amor! — aceitou Laila, trazendo o rosto do namorado para junto de seus braços.

Ao contrário do que Benjamim imaginou, o caminho de volta foi regado por um silêncio mórbido e perturbador. O sol penetrava com força e fervor pelos vidros do carro e exigia que Benjamim estreitasse os olhos para conseguir enxergar o trajeto. Mas a sua mente estava longe do asfalto. Perguntava-se, minuto a minuto, o motivo pelo qual o rosto de Laila não demonstrava qualquer sinal de alegria. Pelo contrário, suas sobrancelhas tensas e seu cenho sisudo eram mais do que evidentes.

— O que aconteceu, meu amor? Não está feliz com o nosso menino? — ele perguntou, no momento em que deixou de suportar a quietude.

— Estou — respondeu, secamente.

— O que houve, então? — Benjamim insistiu, com a voz firme.

— É a doença.

— O Alzheimer? — tentou adivinhar.

— Sim.

— Eu sei. Já vinha pensando nisso.

— Benja, a minha preocupação é com vocês dois. A hereditariedade tem uma enorme importância no desenvolvimento e na manifestação dessa doença. — Os olhos de Laila se entregaram às lágrimas e ela levou as mãos ao rosto.

— Querida, preste atenção! — ele disse, acariciando os cabelos da namorada. — Eu pretendo estudar medicina e me especializar em neurologia. Vou dedicar todos os dias que me restam na busca de um tratamento mais eficaz e, quem sabe, de uma cura definitiva para o Mal de Alzheimer. Nosso filho não sofrerá com isso. Eu prometo! — completou, aguardando a reação de Laila. Aquelas palavras eram verdadeiras.

Não sabia como, mas a morte de seu pai o conduzira a escolher esse caminho.

– Amor, se você diz, eu acredito! – Laila sussurrou, tranquilizando o cenho e apoiando seu rosto molhado no ombro do amado. Suas pálpebras foram ficando pesadas até se cerrarem por completo e ela caiu num sono pesado e sem sonhos. Aproveitando que a namorada não escutaria sua súplica, Benjamim disse com a mente e o coração voltados na direção do céu:

– Meu Deus, ajude-me!

CINQUENTA E OITO

Jerusalém, semana seguinte

O sol exibia seu calor e suas cores, mas o vento fresco que passeava pela cidade desde o amanhecer transformava aquele domingo em um dia raramente agradável. O tilintar dos talheres sobre os pratos de cerâmica era o único conjunto de sons que podia ser ouvido naquele momento. E não era por falta de gente. A mesa disposta no jardim do quintal dos fundos da casa estava lotada e a quietude se resumia ao pudim de leite condensado que Menorah fizera para a ocasião. Estava divino! A ideia de preparar o almoço e unir de uma única vez toda a família partira de Benjamim, mas foi Elad quem organizara o evento, desde os convites até o cardápio. Judith viera um dia antes. Passara o sábado ajudando Menorah e Elad a preparar os pratos. Allen e Lia chegaram na manhã de domingo trazendo sorvete de amora e a novidade de que se casariam até o fim do ano. Laila apareceu logo depois com os pais, Samuel e Lenora Mordechai, que não esconderam as lágrimas ao se reencontrarem com o casal Raviv, amigos íntimos de longa data, depois de tanto tempo. Por fim, meio em cima da hora do almoço, com a comida servida à mesa, Dedeh e Acesnof deram as caras. Eles agora podiam ser vistos juntos em eventos externos, já que Elad, ao assumir e colocar em ordem a parte financeira do Orfanato Yesher, havia contratado dois funcionários para auxiliá-los na tarefa de cuidar das crianças e da casa, totalmente reformada.

Os homens acabaram deixando a mesa primeiro, trocando de cômodo com certa pressa. A seleção de futebol de Israel disputaria naquela tarde o título do campeonato do Oriente Médio com o Irã, disparado o favorito a levar a taça. As mulheres, com exceção de Laila, que foi descansar no quarto de Benjamim, seguiram conversando no jardim, beliscando mais uns pedaços de doce e sorvete e aproveitando o afago fresco da brisa.

Um burburinho iniciou junto com o jogo. Dedeh e Allen eram os mais exaltados e torciam com gritos poderosos de incentivo. Samuel descontava o nervosismo roendo as unhas. Benjamim, que se mostrou completamente desinteressado, ergueu-se do sofá e caminhou cabisbaixo até uma discreta saleta, escondida ao lado da porta, cômodo da casa onde costumava ir quando precisava refletir. Elad o observou em silêncio, pediu licença aos convidados e seguiu ao seu encontro. Apoiou o ombro no batente da porta da saleta, incerto de que entrar seria uma boa ideia, e permaneceu imóvel por alguns bons segundos. Avistou Benjamim de frente para a janela escancarada, melhor local da casa para observar o enxame de cerejeiras que decorava o bairro onde moravam, e por onde uma brisa refrescante sempre corria de maneira graciosa. A enorme prateleira de madeira que exibia sua coleção de vinhos e uma pequena mesa circular com o tabuleiro de xadrez montado e que descansava ao centro do cômodo roubaram sua atenção por mais alguns instantes.

– Está faltando uma pessoa – disse Benjamim, percebendo a presença do pai. – Eu queria que ele estivesse aqui – completou.

Suas lembranças o remeteram a um passado pouco distante. Viajaram ao tempo em que seu pai biológico ainda era vivo e eles costumavam passear pelos jardins do Hospital de Tel Hashomer. Na última vez que o fizeram, Benjamim pôde notar um sorriso de felicidade estampado no rosto de Daniel. Aqueles mesmos olhos que agora miravam o vazio, estreitos e semicerrados, e que tentavam em vão segurar as lágrimas. Elas escaparam aos montes e Elad decidiu romper sala adentro.

– Filho, eu também queria que ele estivesse aqui. E, dependendo de como você crê, é possível que ele realmente esteja.

– Acho que sim – concordou, com a voz serena.

Benjamim girou o corpo e se colocou de frente para o pai. Seus olhos se mostravam vermelhos e umedecidos. Elad o envolveu nos braços e, com os lábios trêmulos, disse, num sussurro:

– Filho, vamos jogar uma partida de xadrez?

– Claro, pai. Agora mesmo – Benjamim respondeu, de imediato, servindo-se de um copo de chá verde e uma torrada com geleia de morango, dispostos sobre uma estreita mesa com rodas, ao lado da janela.

Bebericou um pequeno gole e lançou a torrada inteira na boca antes de se sentar.

Elad sabia que aquele tabuleiro repleto de peças representava muito mais do que uma partida amistosa. De alguma forma, sentia que sua relação com o filho estava se reconstruindo sobre pilares sólidos de amor, amizade e intimidade, e já dava sinais de força e solidez.

— Pai, você começa — anunciou o jovem.

Assim que os dedos de Elad lançaram o primeiro peão à frente, uma gota de lágrima escorreu por toda a extensão de seu rosto e desabou contra o tabuleiro.

— O que aconteceu? — Benjamim perguntou, encarando o pai com ternura.

— Nada, Benja. Eu só estou feliz — Elad respondeu, desejando em seus devaneios que aquele jogo não terminasse nunca mais.

FIM

grupo novo século

Compartilhando propósitos e conectando pessoas
Visite nosso site e fique por dentro dos nossos lançamentos:
www.novoseculo.com.br

<ns

- facebook/novoseculoeditora
- @novoseculoeditora
- @NovoSeculo
- novo século editora

Edição: 2ª
Fonte: Merriweather

gruponovoseculo
.com.br